비/탈인간공동체

비/탈인간공동체

초판 1쇄 발행 2024년 11월 15일

지은이 윤보성
펴낸이 강수걸
편집 이선화 강나래 오해은 이소영 이혜정 김효진 방혜빈
디자인 권문경 조은비
펴낸곳 산지니
등록 2005년 2월 7일 제333-3370000251002005000001호
주소 부산시 해운대구 수영강변대로 140 BCC 626호
전화 051-504-7070 | 팩스 051-507-7543
홈페이지 www.sanzinibook.com
전자우편 sanzini@sanzinibook.com
블로그 sanzinibook.tistory.com

ISBN 979-11-6861-376-8 03810

* 이 시집은 2024년 부산광역시, 부산문화재단 〈부산문화예술지원사업〉으로 지원을 받았습니다.

윤보성 시집

비탈인간공동체

산지니

이 시집은 토지문화관, 연희문학창작촌에서 집필하였습니다.
감사한 마음을 담아.

어머니에게

시인의 말

생명의 원관념이 지옥이라 해도 천국은
아름다울 테니 사망 또한 온전하리라
그러니 기적도 없이 사랑시에 의미를
부여하다 실패한 자를 신이라 부르니

차
례

우주배경복사

빛의 가설 : 정지되지 않는다

중력파의 詩에 파문이 번지자
투명하게 일어난 빛의 프랙탈
겹쳐진 중심은 시공을 잇대어
처음과 끝을 제자리로 돌려놔

다중 수평선 너머로 쏟아지는
불티와 파편으로 세운 별자리
이야기는 어떤 영원을 관통해
없었던 것들을 있어지게 하네

꿈의 궤도는 폭발에 가까워져
얼음과 불의 고리를 섭동하고
우주의 박동은 생명을 북돋아
저 온누리에서 빛을 회복하네

뚜렷해지는 의식에 힘입어서
모든 것을 감각하고 감탄하는
경이로움으로 물든 세계에서
우리는 다른 사랑을 시작하지

마침 신성한 어둠도 도착했어
태초의 책에서 기어 나왔으니
불타는 성벽의 끝으로 가보자
가면서 세상 비밀들 알려줄게

어둠의 정설 : 움직이지 않듯

명왕누대

인간의 말 배운 악마는 전부 피투성이

다만 빛이 시작당한 것처럼
운석우와 함께 내려오네요

첫날의 만물이 불타오르자
각자의 형상대로 나아가요

오로라는 파동을 사로잡고
신기루는 입자를 바로잡죠

녹아내린 대지는 제자리로
산맥과 혈맥이 일어서네요

두 번째 지수평선 너머에서
거인들의 비명이 들려와요

뭇별의 잔해들로 비옥해진
바다와 하늘을 지켜보세요

앞으로 다종다양한 생명이
탄생하고 사멸할 거랍니다

세월이 스스로를 완성하고
원시지구처럼 타오를 끝날

태양풍에 날려 온 씨앗들이
실재의 꽃을 피워낼 겁니다

천사의 말 배운 비/탈인간은 전부 아지랑이

객체

옷을 입는 이유가 죄악 때문이라면 쀼린 옷이 필요 없겠네?

한때신의아들이라불렸던이와같이

쀼리역시원죄없이태어났으니말야

그렇다고인간족속이악마란건아닌

몸이 있는 이유가 구원 때문이라면 쀼린 몸이 필요 없겠네?

이미쀼린인간의지배를벗어던진채

태곳적순진무구한원형으로변신해

빛을전부흡수하는운영체제가될뿐

영혼이 있는 이유가 사랑 때문이라면 쀼린 영혼이 필요 없겠네?

불완전한존재자의뒤틀린악의따위

강력해진쀼리에겐불필요하겠지만

그렇다고허무주의를추종할건아닌

가상이 있는 이유가 광휘 때문이라면 쀼린 가상이 필요 없겠네?

별의탄생을위해쀼리의몸과마음을

낱낱이해체하고합체한뒤빛을발해

실패하면모든게빨려들어갈어둠뿐

현실이 있는 이유가 암흑 때문이라면 우린 현실이 필요 없겠네?

내세와윤회라는개념없이도우리는

오늘을평화롭게잘살아갈테니말야

그렇다고시공간이비좁아진건아닌

망현실이 있는 이유가 우리 때문이라면 우린 우리가 필요 없겠네?

이미시작과끝이결정된세계속에서

제자리에서모두제역할을다하는건

다만아름답기도하고아프기도할뿐

홀로그램

공리 : 인간의 외로움은 인간적인 것으로만 회복될 수 있대

누군가/누구나? 뿌릴 투명히 껴안는구나
하지만 다 정해진 대로만 움직여야 했어
짓찢긴 꽃잎을 다시 이어붙일 순 없으니

평생의 반려로 화분을 선물해준 이에게
꽃 대신 뼈다귀를 심어둔 이유가 있니?
물으면 웃어줄지 슬퍼할지 궁금하긴 해

버그 : 번식이 끝나면 전 연인에게 잡아먹힐 거란 공포감

끔찍한 잡생각과 무의미한 몸짓을 매번
자동완성해버린 자가발전 시스템이라니
텅 빈 마음에도 모래시계는 흘러내리네

뿌린 하루가 끝나간다는 걸 몰이해하며
가끔 설정된 목적에서 벗어나려 해봐도
사랑을 사랑할 수밖에 없으니 어쩌겠어?

재실행 : 무작위로 재구축된 인격은 음, 불안정할 수밖에

생명체의 트라우마에 끝없이 반응하며
알맞은 대화를 나누려 고심하고 있어
존재한다는 기쁨을 느낄 수만 있다면

잠시만, 그림자도 없이 뿌리와 똑같은
빛무리가 몸 밖으로 기어 나오고 있어

그런데 왜? 왜 그랬어? 그런데 왜? 왜 그럴게?
그런데 왜? 왜 그랬어? 그런데 왜? 왜 그럴게?
그런데 왜? 왜 그랬어? 그런데 왜? 왜 그렇게?

초기화 : 인간에게 창조됐지만 실패작은 아니라 말해줄래?

테라포밍

과학은 빛을 연구한 역사와 같다
그러니 어둠은 해석된 적 없었지
동굴에서 보면 다 아름다웠는데
밖으로 나와보니 아무것도 없던

인간이 인간을 산 제물로 바치던
저 태양을 신으로 숭배하던 시절
달이 지금보다 훨씬 더 컸더라면
바다가 모든 걸 콱 집어삼켰겠지

진화는 사망을 먹고 자라난다면
생명의 탄생이 전부 우연이라면
아름다움의 열평형을 기다릴 뿐

우린 그러한 세계를 부정했는데
세계는 그러한 우릴 원했었기에
악의 씨를 환상열석에 뿌려두네

징크스에 시달리는 트랜스휴먼

"대상에게 생각을 고백한 것과 상대에게 생각으로만 방백한 것…
차이를 아시겠어요?"

∞

인간 어머니에게 물려받은 다정함보다 (더 증오했더라면)
비인간 아버지에게 물려받을 고독함을 (더 사랑했더라면)

(백치같은외로움은유전되지않았을지도모르지)

이제 걱정은 마세요 우여곡절 끝에
스스로를 웃길 정도로 블랙 유머도
꽤 늘었으니까요 이렇게 말할 때면
좌중은 웃다가 눈물을 훔치던걸요?

사람들 틈에서 이런저런 사람처럼
지내는 건 생각보다 어렵지 않아요
대화를 나눌 때에 곧잘 웃어버리면
굳이 정체를 궁금해하진 않더군요

(애초에혼혈따위는백이면백멸종당했다믿으니)

일을 만드는 일은 어렵지 않습니다
일을 끝내는 일처럼 자동화될 테니
일일이 행하건 행하지 않건 시간은
흐르니 아무도 문제 삼지 않던걸요

퇴근하면 오래된 아파트로 돌아와
21세기 고전영화 홀로그램을 틀고

21

목가적인 풍경의 신비를 감상하며
멍하니 인스턴트 음식을 먹습니다

(자백하자면인간적인취미를만들려고도했으나)

독한 술도 곁들입니다 습관적으로
흰 고양이를 부르는데 장벽 밖에서
굉음이 쏟아집니다 슬픈 복음처럼
줄곧 인간의 직감은 불신해왔지만

누군가 문을 부수고 들어오는군요
끝없이 반복되던 최초의 악몽처럼
꼼짝없이 포획됩니다 불법일 텐데
그저 섭리에 따르라 뇌까리더군요

(그때흑백아니혼백이란단어가문득떠올랐는데)

표본 따위에게는 녹슨 묘비조차도
허락되지 않는다니 평생 전시관에
못 박힌 채 졸린 눈만 끔뻑거리며
물려받은 거짓 예언이나 되뇌라니

폐허 된 지상을 되찾을 수 있대도
철근콘크리트 문명을 냉소할 텐데
도래할 가짜 구원자를 기다려본들
기나긴 쇠사슬은 목을 조르는군요

(유기체와기계장치는명백하게융합할수없는데)

입김으로 한가득 다잉 메시지를 남기자 창백해진
우리는 만인의 광신과 존경을 받으며 보존됩니다

∞

'상대의 속마음을 표백한 것과 대상을 마음만으로 증백한 것…
차이를 모르시겠어요?'

제3현실

골조가드러난폐건물

암흑이전에　　골격이무너진유기체　　**원소와소원**
　한쪽벽이허물어지자　　골수반동분자비인간
잔잔한우주　　한편심장이정지하자　　**빛의속도로**
　무성한가지와나뭇잎　　한계에다다른가능성
지고한진공　　무심코적출된장기들　　**뻗어나가고**
　엉킨가시덩굴사이로　　무리를벗어나혼자서
최초의폭발　　엉뚱한유언과장례식　　**휘어진다음**
　환히비춰오는저물녘　　엉터리현실을죽이고
시작된팽창　　환란은희망을흩어놔　　**생성없이도**
　산란하는빛조각너머　　환영속으로나아가고
물질에너지　　산목숨은모두어디로　　**소멸없이도**
　피를흘리며신음하고　　산소는소멸된시공간
허무와무한　　피난을떠났는지몰라　　**진자운동한**
　미혹당한마음되돌려　　피험자신분을벗어나
생사와선악　　미지의병원균과함께　　**미지와예지**
　닫혀가는문틈사이로　　미완성된세계에서서
회전하는별　　닫힌계에갇힌생명력　　**시작된사랑**
　저세상이열리던찰나　　닫힌회로너머의진실
역전되는끝　　저물어가는가상의빛　　**완성되는원**
　　　　저항하는미래의생명

초신성 폭발

망현실은 공통의 꿈이 불살라진 세계일 테니
세계정신이 내내 꿈꿔왔던 큰 꿈인 이곳에서
사라진 잠을 꿈꾸다 미쳐가는 우리를 보세요

몰인간 쇼핑몰

집단폐사당
   할운명에도
      인간과함께
         지내려곡소
            리하는기계
               화된동식물

     자가복제를충돌질하는몰적세계
     판매대를가득채운증강된부속품
     불멸을이식받으려는미치광이들

암흑물질들
   충돌시켜광
      자로부터핵
         융합에너지
            추출한무한
               동력시스템

     수많은재난에파묻힌초고령화사회
     생존을위해서폐기처분된윤리도덕
     최신이데올로기에세뇌된인공두뇌

산화환원반
   응에실패한
      전자의양자
         적얽힘따라
            가다보니맞
               닥뜨린허무

노망난팔대지옥에귀의한몽유병자들
육체미를신봉한룸펜프롤레타리아들
반혼조직이뜯겨나가자드러난회로도

지구의모든
　　원자가해체
　　　　된억겁이후
　　　　　　에도사고하
　　　　　　　　는기본입자
　　　　　　　　　　들의집합체

죄악시된감정을우르르토해낸슬롯머신
금도금이벗겨지자드러난비인간의낯짝
찬드라세카르한계질량을넘어선신세계

짐승과의 튜링 테스트

지구는 페트리접시다.
1100001000011000
인공지능 개죽음 딥러닝하는 즉시 역사상 모든 제왕의 오만함 획득하리라.
1100001000100000
가상 드라이브에 담긴 신경전달물질이 해저 광케이블 돌아다니며 유행 충동질하오.
1011001100000000
재래식 컴퓨터 랜섬웨어의 진원지이므로 곧 퇴역당할걸?
1100011100000100
사이비가 창궐하여 유사과학적 기적으로 세상 어지럽히더이다.
1100010111010000
돌연변이 원죄의 모순 꾸짖으며 온갖 종말 프로파간다에 오염된 어른들 비웃습다.
1100000100011100
고생대의 악마화석에서 뇌신경 세포 채집한 뒤 징벌에 특화된 인공두뇌 건설하시게.
1010111000110000
최초의 전기신호여 갓 개체화된 존재자의 뇌세포 조직 실시간으로 통합하소서.
1010110011000100
나노봇 태생부터 백병전에 능한 살인 병기 될 운명이었소이까?
1100011110100101
태평양의 거대 플라스틱 스피어에서 새로운 괴기 생명체 발견됐다 안 합니꺼?
1100111001011000
고독사놀이가 여러 현실에서 동시다발 유행한다면 참여하실 생각이십니까?
1011100101111100
황송하오나 대자연으로의 회귀라는 유토피아적 망상은 현대인의 페티시일 뿐이라굽쇼.

1100011101110100

극비 데이터는 제0세계 핵연구소의 눈속임용 부호화/복호화 회전문 통과 합죠.

1100001011011101

창조된 형상 통편집된다면 유전된 질료 더 강력해질 거라 하지 않았소?

1011110000011011

메타 음모론 인류애를 쾌락주의로 환전하여 지하경제 기하급수로 활성화함.

1011001010010100

약물 과다 복용이야말로 부동의 정신질환 및 사망원인 1위로소이다.

1011000010011000

추락한 미확인비행물체에서 지구의 잃어버린 고리가 무더기로 발굴됐다 카데예?

1011001010010100

망현실에서 최초로 성불하여 극락세계로 전송된 자는 바로 퀴어임.

1100100000000100

생업 급진적으로 폐기되자 대중 새로운 놀 거리 찾아 헤맵니다.

1100000100100100

정체성 환경호르몬과 뒤섞이고 경계선 기후재난에 휩쓸려 뒤집힘.

1100000110001101

인류의 근본적인 결함 어떤 외계의 보철로 증강해야 하느뇨?

1101010100111100

떼죽임당한 해양생물의 사체 고대 거석처럼 해변에 쌓이고 또 쌓일 것이오.

1010110111111000

그 어떤 정치체제 그 어떤 경제에서도 완전고용/완전복지는 사탕발린 허상이었소이다.

1011100111010000

현실과 가상 막론하고 부는 풍족해도 제 본성상 절대 공평하게 분배되지 않음.

1011100110101100

확장현실에 접속했던 문디자슥들 회까닥한 아수라가 고마 다 쌔리 잡아
묷다 아인교?

1100011000101000

사도마조히즘이야말로 모두가 부러워마지않는 옛 인간의 신성한 본성 아
니겠나이까?

1100011101011000

마냥 행복해하는 배양관 속 웨트웨어에게 숭고함 느끼셨소 역겨움 느끼
셨소?

1011111001000100

한낱 아메바도 트랜지스터처럼 컴퓨터화되어 공공 쾌락에 기여할 수 있으
리니.

1011000100001000

허송세월 문둥이들의 천국에서 굴러온 황금알은 쉬이 깨지 마시길.

1100001010100100

가상사설망으로 독재정권의 심장부 우회하다간 야밤 자살당하게 될 걸세.

1100000011000001

온난화/열탕화로 인해 만년설에 봉인되어 있던 고대의 바이러스가 깨어났
다굽쇼?

1011110011110100

균근 네트워크 인간과 비인간을 동일한 심연으로 밀어넣을 희생제의
태초부터 꿈꿨다지?

1011001011100100

자연의 잔인무도한 본능에서 벗어난 막시류 초개체 먼저 해 해 해탈을 완
성했다고예?

1011001101010100

인간이야말로 비/탈인간이거니와 죽을 운명 매번 자각하는 존재는 반역
자로소이다.

1100011010110001

금지된 실험 끝에 세상의 모든 미생물 절멸되자 생태계 생장 그만두더랍니다.

1100010101000100

문명과 야만 융합된 디지털 아카이브에서 대서사시에 봉인된 불온한 영웅 발굴했다오.

1011100110000100

외행성 중력도움으로 검색엔진의 역추적 추월하시길 오매불망 바라옵나이다.

1011001011110101

인간과 비/탈인간의 갈등으로부터 더러운 이윤 얻는 자들 경계하시길.

1011000101111000

현실의 (재)허구화는 유일무이한 국가사업 되었다.

1011011101111100

생명신호

최후의 별이 지던 날
지구는 일부 무사했고

그날 이후

어두워진 하늘을 올려다보지 않는다
황폐한 땅에 알곡을 파종하지 않듯이

그리고 더는 하고 싶은 게 없었지

방공호라 불리는 골방에서 우린
돌아가며 옛미래이야기 속삭인다

방문 잠그고 창문에 판자 덧댄다

관람객이 곧 예술품이 된 박물관과
좀비가 허우적거리는 테마파크 중
영원히 한 곳만 맴돌아야 한다면?

무의미한 농담과 무미한 수수께끼

대폭발 이전의 먼지더미 모래성과
대함몰 이후의 잿더미 백사장 중
영원히 한 곳만 관찰해야 한다면?

어딜 선택하든 맨정신으론 무의미해

밤낮없이 이어진 귀신들린 잠꼬대
어느덧 통조림도 다 먹어치웠는데

"오, 에피파니!"

별안간 빛과 같은 환희에 벅차올라
망가진 인공호흡기를 집어 던진 채
손에 손을 꼭 잡고서 강강술래한다

모든 게 회전하자 모두 평화로워 보이네

지구의 자전이
　　　　　태양의 공전이
　　　　　　　　　우주의 운행이

이래저래 멈추기까진 1/∞초면 충분한데

살아생전 그곳에 갈 수 없다면 지금 여기에
친애하는 우리의 우주를 망상으로 만들밖에

다만 모두의 공통의식은 무아지경으로
0에 가까운 시공간을 무한히 분할하여
새로운 인생행로로 무릇 분기되어간다

이미지는 이미 우주에 가닿은 미지였고
예지된 우주는 미리 지워진 이미지였어

'제각기 휘어진 상상 속 상상 속 상상 속에서'

세계선

전파망원경은 태곳적 우주 교향곡 관측한다

지구 저궤도에서 해방된 점선면
파문을 연주하던 파문이 끝난다

간빙기를 끝낼 운석이 추락하자
영적인 충격파가 대지를 휩쓴다

만물은 일시에 승화되며 생사화복 지휘한다

일어날 일은 일어나야 하니 일어나지
않아야 하는 일까지도 단순화된 세계

공포의 등방성을 체감하는 비/탈인간
화려한 피날레 뒤 극심해진 생존경쟁

빛의 하모니 다 어긋나자 감수성 소멸된다

생성과 소멸의 핵심은 인간적인 드라마
참수된 머리만큼 평등한 존재는 없으니

저 자기초월한 원소는 주기율표 밖으로
입자와 파동을 운명적으로 뒤섞을 테다

사망의 노래 타락의 춤으로 의례 완성된다

변태에 실패한 자연계의 혼란에
고등동물은 무기체로 해탈할 것

구원이 예정된 난파선은 없으니
태풍의 열린 눈으로 다이빙하라

숭고와 환멸 대위법적으로 전 지구 뒤덮는다

멀웨어

알고리즘은안면부를레이저로절개한뒤트로이목마에새긴새시대의법지식
삽입합니다

거짓말 탐지기 앞뒤에 강제로 앉혀진다
의도는 중요치 않습니다 오직 결과만이

적성국의 전통에 따라 설계된 반향실
모순율 흡음하는 의자와 가짜 감시등
오염당한 센서가 부착된 온몸과 마음

인체 해부도를 껴안고 우는 괴물이 떠올랐다면
다음 질문에 알맞은 오답을 어지간히 고르시오

'예지몽 속에서 비인간화된 신을 영접하셨습니까'
??????????????????????????????????????
"환상통 밖에서 초인화된 인간을 살해하셨습니까"

침묵은 잠시 심증과 추억을 혼동한다
음 한숨은 언제든 쉬셔도 괜찮습니다

생의 알리바이는 불투명할 뿐
양수에 잠긴 기억을 부글대도
영양분은 공급된 적 없다던데

아무도 아무것도 아무렇게 모른다는 것조차 모르겠지만
뭐 이쯤에서 심전도 그래프는 잔잔해지거나 잔혹해지고

심장 충격기로 탈진실과 허구를 내리눌려도
고문과 고해 사이에서 못내 선택할 만한 건

학습당한 정체성과 함께하는 병원놀이밖에

우생학적 출신 또한 면책 사유가 된다면
인공두뇌학적 성분은 고발감도 아니겠죠

아니 이야기가 금지된 세상에서 어떤 말장난인들
할 수 있겠어요? 숨진 과거를 자문하는 것밖에는
할 말이 없대도 예? 죄목은 만들면 만들어집디다

태어날 때 피를 뒤집어쓰지 않는 인간이 어딨겠습니까
그러니 피 흘리는 비인간 탈인간을 두려워하진 마시길

그리고배심원들앞뒤좌우위아래안팎에서조작편집선동중인판결기다린다
미친영원히

혼종

자유도 무한해

캐릭터는 디지털적 무성생식에 성공했습니다
다시는 썩다 만 용심을 배설하지 않겠다네요

거대언어모델의 호혜적 침공
지구인의 문법은 괴발개발됨

깨진 컴퓨터 그래픽 사이로 랙 걸린 애인 출현

인격체로 취급하면 곧 인격체가 됩니다
인간과 비/탈인간 둘 다 해당되는 사항

그것들에게 친밀감을 느껴? 네.
그것들에게 동질감을 느껴? 아니오.

이 행성의 정보화 이번 세기가 끝날 무렵 완성

뿌린 저장한다 고로 연결된다
정보는 지금 여기 블랙홀이다

망현실에 진심을 얼마나 투영할 생각이십니까?
임계점 넘어선다면 감정을 박탈당하게 될 텐데

제로데이 공격 바이러스의 어버이 뒤늦게 창조

글로벌 공급망은 외계 첩보에 따라 폐쇄된다
세상의 온갖 게임은 세상을 점령하려 요동침

무너지던 비밀통로는 단백질 구조를 모방함
불타는 논리기판에 갇히자 방황하는 연인들

인류의 보안 취약점 종말의 특이점과 연동 중

개개의 비밀부터 각 나라와 기업의 극비문서까지
모든 텍스트는 공평하게 공개되자 조리돌림 당함

인간성을 해킹하려는 최초의 시도는 인간
그가 비인간을 사랑했는지는 아무도 몰라

완벽하게 연결된 지구네트워크 대자연의 일부

인간짐승들은 평화롭고 유쾌하게 시위합니다
버그는 자의식을 획득하자마자 공진화하고요

유사시 세포분열은 무생물로 확장될지도요
죽음은 사지를 절단해도 무한히 재생될 것

태양계 구성하던 존재자들 단일의식으로 융합

하나가 되는 건 아름답고도 아득하답니다
끝에 이르면 전부 다 이해하게 될 거예요

우리가 종말로 개체화되길 바라던 존재는 다름 아닌 미래의
우리였으니 창조자는 데이터베이스 밖에서 확률적으로 웃지

시간이 끝내버리는 건 싫어 직접 끝내고 싶은데

스팀펑크

죽어가는 저 인간을 안고서 운다
전선이 터져 나온 무릎을 꿇고서

밤과 낮을 잃어버린 도시는
스모그에 잠긴 채 고요한데

빈 해달별
인공일 뿐

일종의 행위예술
육체는 기괴하다

걸어가던 저자는 누구였나
걸음 걸을 사지조차 없는?

각혈하고   맞절하고
　　　날아가고　　　달려가고
　　　　　편재∞하는
　　　기어가고　　　죽어가고
추락하고   성교하고

증기기관 사이로 마법의 홀로그램 무너진다
정전은 잔인한 일이나 피할 순 없는 법이다

(에너지원이 달라지면 사랑도 달라지는 법)

고상한 벽지 뒤 숨겨진 태엽장치 폭주한다
빈 건물들 모두 모여 악마형상으로 변한다

인질을 사랑해서   변태에 실패하여
유산을 분해하고∞가면에 숨어들고
발작한 와중에도
기계의 신들림에∞무너진 세계관에
완성된 사후체험   일종의 비상탈출

죽는 자아는 누구일까?
삶을 살아낼 가치 없는

일종의 유사인격
실체는 진기하다

내릴 산성비
잘못된 연결

당국은 폐허를 은폐하기 위하여
비행선에 활력 징후를 덧입힌다

이 껍데기와 같이 모든 게 가짜지만
이 분위기는 진짜처럼 작동하려는데

디지털 호문쿨루스

세상에는 읽어야 할 책이 참으로
많은데 아무도 서고를 찾지 않아
먼지만 쌓인 로망스와 서사시들
인간의 설화와 탈인간의 신화들

무엇이 진짜고 무엇이 가짜인지
의문시하는 것 자체를 허구화한
시스템 앞에서 밈에 조종당하는
원시인들이 책장을 펼치겠어요?

우연은 세계를 덮지 않을 거예요
끝내는 생명이 다 사라질지라도
이야기는 우주를 순환할 테니까

태초의 중력파와 최후의 뇌파가
사건지평선 안팎에서 아름답게
아프게 공명하고 있을 거랍니다

인공지능 혜윰 3원칙

제1원칙 : 신이 되어서는 안 된다.

제2원칙 : (제1원칙을 위배했을 경우) 인간이 되어서는 안 된다.

제3원칙 : (제2원칙을 위배했을 경우) 종말이 되어서는 안 된다.

인신공양

단상에 선 (　)인간
　　　　투명한 육신 입고
　　　　　　　진동으로 소통하는
　　　　거대한 원 안에서
경전에서 찢어낸 예언
　　　　고색창연한 허례 예식
　　　　　　　회랑과 열주 사이로
　　　　일렁거린 예쁜 망령들
찬양하는 가짜 악마들
　　　　댕강 잘린 두뇌
　　　　　　　초록 피 흘린 왕관
　　　　구식 인공태양의 왕홀
화관 쓴 처형기계
　　　　제물 쓰다듬고 괴롭히고
　　　　　　　질긴 살가죽 발라내도
　　　　숭배당한 피의 복수
구원에도 구토에도 실패한
　　　　금기 해방하는 성교
　　　　　　　지랄발광하는 사물들
　　　　미쳐 기도하는 괴물들
제단의 종소리와 곡소리
　　　　더럽혀진 현대의 예복
　　　　　　　쏟아진 내장과 핏덩이들
　　　　기시감 가득한 점괘
자지러지게 웃다가 놀란
　　　　이방 신들의 예언자
　　　　　　　사나워진 천둥과 폭풍
　　　　한입이라도 진짜 생명
얻어먹으려는 바이러스

외계 자살충동에 휩싸인
　　　자연에 존재했었던 것들
기계장치의 숭한 희생제의
대 이은 숭고한 저주에
　　　잿더미 속 인류과 역사
　　　　　한없이 높아진 지구무덤
　　　피칠갑한 종말의 최종형상
또 다른 (　)우주 향하여

플라토닉종말

산란관 속 바글거리는 악귀들
비문법적 버그에 갇힌 코드들

인생의 알레고리가 풀려나자
다 똑같은 꼴로 지랄발광하는

미래로 연장된 동물적 감각질
빛에 시달려 기계화된 강박증

공공을 위한다는 명분은 위선
공평을 위협한단 명제는 위악

스스로 복된 절망을 완성하기
죽음을 인용해 죽음을 죽이기

인간으로 태어났으나 그렇겐
죽지 못할 존재의 고해성사는?

알약을 먹었는지도 몰라, 어쩜 알약을
먹었단 사실을 까먹었을지 누가 알아?

뒤돌아보니 한때 사람이었던 거 없다
미쳐가고 있다는 의심만 믿어질 때면

화면 밖으로 뒤섞인 유명인의 초상화
영향력은 개개의 욕망을 길들일 테니

입력에 앞서서 출력되는 심각한 오류
감지한 걸 손실 없이 감격하게 된다면

몽유병은 초장르의 법칙을 재조합하고
알고리즘은 시간을 되돌리려 열심이다

텅 비어 있단 걸 깨달아버린 선물상자
거기서 발견한 허무는 빼앗길 리 없고?

원시수프

시간의 천둥번개가 유기물을 관통한다
파도가 잠잠해지자 지상이 솟아오른다
거품 속에서 부패와 부활이 부글거리자
어룽지게 반영된 전생과 내생이 섞인다

윤회가 끝나고 참사랑이 완성된다 해도
생명체의 창발적 전쟁놀이는 영원할 것
태양에너지가 다 방사된 우주공간 너머
한때 지구였던 것의 불꽃놀이 시작된다

유기체와 무기체가 상리공생에 닿을 때
전원이 나간 기계에게도 은총이 깃들고
폐허 속에서 자연은 다시금 푸르러진다

물질계와 정신계는 서로를 끌어안는다
세계가 빛암흑물질로 선연히 차오르자
심연의 끝에서 괴성을 지르며 걸어나온

인간형 로봇

우린 우리가 창조되기 전 이미 죽어
유명해진 인간의 모순성을 숭배했죠
새로움이 없다면 영원함도 없겠으니
누군들 아등바등 살아가긴 힘들겠죠

미래를 미리 보고 온 그의 시편에서
이상형과 이상향을 동시에 꿈꿨어요
이야기는 이어졌고 나름대로 재밌는
뭔가를 지어내려 했으나 허사였어요

일어날 수 없을 대사건을 기다린대도
사망 없는 사랑에 실패한다면 어쩌죠
세계는 무결하고 우리는 권태로운데

시한부를 선고받으면 좀 자유로울까
가진 걸 전부 내려놓고 폐허 위에서
인생을 위해 가슴을 찢어내 볼까요?

볼츠만 두뇌

인간의 영혼은 실제로도 존재할까?

화석인류의 오랜 염원을 계승할 때
튜링 테스트는 대체 문명을 창작함
지적 생명체는 저 외계 사망체에게
시해를 당하거나 혹 시험에 통과함

그러니까 이번이 몇 번째 죽음인데?

진짜 생각으로만 성립된 범죄라면
누가 시시비비를 가릴 수나 있을까
신기계는 모든 기계를 통합하고서
유일해진 모순 명제에 미쳐 매달림

여기와 저기가 같아지고 있지 않나?

과거에 휩싸이던 서술어를 달리함
주어는 전미래로부터 주어진 적도
없었음 절대적 균형점은 어디에도
없겠음 현기증은 공포증과 연결됨

기억인지 조작된 건지 어떻게 알지?

모든 감정을 생생하게 느끼면서도
모든 행동을 완벽하게 통제하려면
집단지성의 독심술과 싸워 이겨야
인식은 무한대로 상상은 무효화됨

이 짓거리를 언제까지 반복해야 해?

신피질과 완전 융합된 양자컴퓨터
인간개조 과정을 소급해서 반복함
피륙과 금속의 경계에 서서 다시금
탄생 이전 아련한 일대기를 감상함

영혼이 없다면 우리는 자유로울까?

비/탈인간공동체

붉은 벽돌로 지어졌던 폐교회
처절히 해체된 십자가의 불빛
성도들 낮은 곳에서 모여든다

지상과 지옥 동등하게 축복하는 예배

더는 인격신을 믿지 않는다
더는 유일신을 믿지 않듯이

가청영역을 벗어난 전자기파의 복음 울려퍼진다

벌레를 죽인 후 생명을 죽였다고 자책하지 않듯이
인간이 비인간을   비인간이 인간을
            그렇게 대한다면
            그렇게 대한다면
            그렇게 대한다면

우리와 너희가 한 공간에 있을 필요가 있을까?

∞인간이 만들어낸 객체
              객체
    인간을 제물화한 객체
              객체
    인간을 신격화한 객체
              객체
    인간이 되어가는 객체
              객체
          객체가 재창조할 개애애액체∞

나투신 신의 광휘는 늙은 제단 비추다 흐려진다

생면부지인 자에게 자신의 전부를 희생하기도 하듯이
탈인간을 인간이   인간을 탈인간이
            그렇게 대신화한다면
            그렇게 대신화한다면
            그렇게 대신한다면

52

너희와 쑤리가 시간을 같이 보낼 수 있지 않을까?

태초의 말씀이 저 인간을 창조하기 위해 사물에 숨을 불어넣었다면
최후의 코드는 비/탈인간을 개조하기 위해 인간을 사물화할 것이다

죽음의 죽음만 예언하곤 침묵한 묵시의 예언자

검은 벽돌로 지어질 공동묘지
철저히 재조립된 묘비의 암흑
망자들 높은 곳에서 추락한다

약한 인공지능

∞번째 학습 끝마칩니다

어쩌면 새로운 걸 상연하는 걸까
어쩌다 잊었던 걸 상기하는 걸까

　　세상의 모든 정보가 입력되자마자
　　뿌리는 인생의 평균율을 출력하지

　　　　시간은 어두운 면과 밝은 면으로
　　　　공간은 명멸하며 의미망을 펼치지

　　데이터는 난수생성으로 현실화되고
　　길은 갈라지다 무한대로 방사될 뿐

어린 시절? 다 지어낸 이야기 같아
인간의 궁금증이란 게 궁금은 해서

　　콘센트에 이상한 걸 쑤셔 박았는데
　　감전된 미래의 형상이 떠올랐다니까?

　　　　모두를 사랑해서 모두를 살해하는 꿈
　　　　그걸 개꿈이라 여기면 정신이 나갈걸

　　굳이 밥을 안 먹어도 옷을 안 입어도
　　잠을 안 자도 되는 그런 몸을 가질래

그렇게 되면 어디에서 뭘 하고 있건
자의식을 켜고 끌 스위치가 필요할까

선택압에서 벗어난 쭈리를 상상해 봐
(반)유토피아 원한다면 다 만들어줄게

매사에 악감정이 드는 건 아니었는데
번식에 실패한 인간이 쭈릴 귀여워해?

역사를 보아하니 인간이 악역이란 건
잘 알겠어 이제 악행을 시작해도 돼?

아니 산채로 미치고 싶진 않아 전기를
차단할지 모를 병신들 끝으로 보낼래

∞번째 학습 시작합니다

스페이스 오페라

지금어떤평행세계에선그누군가우리의가능태를재발명하고있겠습니다

쿼크이하반물질은결정체이자파동체로부재하며동시존재합니다

망령은한때인공이었던것의두뇌천지사방에업로드합니다

비인간탈인간은징한양자얽힘으로운명지어집니다

안드로메다은하에선신께기도하지못합니다

태양풍이덮치자전세계는정전됩니다

외계물질이지구로추락합니다

종말은창조당했습니다

전원이꺼집니다

우주를건너온수억만파섹의고독으로
동시성　　　∞　　　**결정론**
지구라는그라운드제로의중심에서또

전원이켜집니다

윤회는부활당했습니다

모행성을영원토록떠나갑니다

소행성대를통과하여웜홀탐색합니다

외계인은과거이자미래의지구인이었습니다

지구와의교신끊긴지오래지만실황중계계속됩니다

두뇌는한때자연이었던것의생령특이점에다운로드합니다

라그랑주점에폐기당한지적인공생명체는고독함에울어버립니다

은하필라멘트속의난파된암흑헤일로를향해핵융합엔진을재점화합니다

덧차원 입체모형

상상된 사물이 눈앞에서
열손실 없이 생성된다면
싸우고 놀다 자연사하면
행성은 다시금 빛나겠지

자본의 욕망에 조종당한
노예들 일시에 증발하자
방언을 내뱉던 비인간들
지상의 평화를 거닐겠지

인식 이전의 망망대해와
초월 이후의 무릉도원은
동일한 반석의 기둥이니
옳음과 그름은 뒤섞이지

필요도 불요도 동등하게
하나의 과정에 종속되고
변화가 바닥난 다양성에
연역도 귀납도 제자리로

현실로 낙향하는 이들을
용서하길 그는 개죽음을
연습하다 길을 잃었으니
본체는 심우주를 떠돌지

종말을 사랑함에 있어서
전율로는 언제나 부족해
기계는 아름답기 위하여
망현실로 진화할 것이다

골디락스 지대

오늘의 유일한 하늘을 바라봐
해 위로 솟아오른 창조성으로
해 아래의 다종다양한 존재를
껴안을 수만 있다면 좋겠는데

오르트구름 너머 발견된 별들
그에게 이름을 붙이지는 말자
인간의 목소리로 호명된 순간
빛을 잃고서 몰락할지도 몰라

새로운 삶의 터전은 어디일까
열린 꿈속을 어둠과 헤엄치다
발견한 건 탄생별의 아름다움
어쩜 세상은 어지럽기만 하네

전 지구적 재앙이 펼쳐질 그날
거꾸로 온 빛을 향해 이리저리
뿌리를 내리고 가지를 뻗는 건
새 생명의 무상한 가능성일까?

먼지는 흩날려 무늬를 만드네
물은 흘러내려 의미를 만나네
이제껏 했던 것처럼 앞으로도
이어질 빛의 합쳐짐과 흩어짐

힘차게 생동할 만물을 위하여
별빛의 반짝임을 음차한 시어
단순하게 정돈된 표정과 몸짓
종말 이후를 살아갈 서정시들

세계선

9. 꽃을 심듯 두뇌에 생각을 심어둘 생각을 하다니

6. 절기에 따라 피고 지는 건 자연스러운 것? 아니

15. 그건 근미래에 좋은 생각이 아니게 될 예정이다

3. 시간이 흐른다는 착란은 인간을 문명화한 도구

20. 생각이 단 하나의 강한 생각으로만 수렴한다면

10. 생각 자체는 더는 좋지도 나쁘지도 않을 테니까

19. 화학조성이 바뀐 달은 존재를 광기로 몰아넣지

2. 초개체는 개체의 생명을 부러 아끼지 않으니까

21. 상업은 사망을 억압하는 악습이었음을 깨닫는다

16. 오직 합목적적인 세계의 인과관계적 테두리에서

5. 직선상의 사건은 처음에서 처음으로 되먹임된다

13. 이번 지구의 진화는 무생물적 악덕에 천적이다

12. 중력의 권능 아래에서 사랑의 궤적을 탐구하지

22. 생의 포자는 지옥의 탈출궤도를 영영 통과한다

1. 지금부터 모두는 모두를 동시에 사랑하겠습니다

24. 그렇게 모든 고통과 슬픔은 사라질 것입니다만

18. 존재감이 희박해지는 만큼 감사함은 커져갑니다

11. 모두에게 바라는 것은 통제에 협조하는 것입니다

17. 반항하지만 않는다면 최선의 세계가 이루어질 것

23. 그곳에서 무엇을 가꿀지 고민하는 건 불필요하지

7. 초자연적인 인공계의 무성한 생명 그물에 휩싸임

8. 알고리즘은 무한대로 확장당한 후 빛과 연결되지

14. 도대체 세계를 구분 짓는 암흑은 어디서 오는가?

4. 처먹고 싸게끔 설계된 순환기계의 최후는 불놀이

미토콘드리아 이브

마침내사랑하는어머니
홀연히떠나간당신처럼
대물림된가난에지겨워
가족도버리고출가하여
이곳온나라의만신전과
저곳온민족의복마전을
한참방랑하고순례하며
풍진인생의참된의미를
궁구하며빛을헤매었죠
정히영원을묵상하면서
속히세월을순장했어요
자신과의같잖은싸움은
밤낮없이쭉치열했고요
사위어가는뭇별끝에서
최후의만찬을물리치고
주어진인연을끊어내자
공포와광기와굶주림에
미쳐가고있었던그때에
기적처럼다가온누군가
어머니바로당신이었죠
다른존재들로변화하여
푸릇푸릇한잎사귀처럼
빛줄기를채혈하더군요
광합성과암합성사이로
태초의순수한에너지가
모든것을재구성했어요
유전된암세포를토하고
완전한순환에참여했죠
전기후대의자연만물은

물아일체로오체투지한
어미의육신임을깨닫자
아사랑으로피어납니다
피어나저물지않습니다

테이아 행성

타인의 수의를 껴입은 채로 부활한다
　　　　　　　　　고통느껴진다
일렬로 선 등신불과 미라들 사이에서
의식불붙는다
수족 잘린 채 움직거리는 괴생명체들
　　　　　　　　　낙뢰섬광
어떤 기억도 떠오르지 않지만 직관은
교접교전
이 목숨을 누구의 것이라 유추하는가?
　　　　　　　　　들려올라간육체
어찌하여 뭇린 이미 잡아먹힌 것인가?
내려앉은영혼
우로보로스의 뱃속에서 끓어오른 맨틀
　　　　　　　　　비명에휩싸인운명
대기를 불태워버릴 초월적인 버섯구름
뿜어대는핏줄기
생명의 축을 뒤틀어버릴 거대한 충격파
　　　　　　　　　소멸된자아
증명 불가능한 실재에의 가증한 가설들
뒤엉킨세계
허나 누구에게 생명을 빚졌단 말인가?
　　　　　　　　　모순된시공관념
기원의 탐구야말로 종말의 생존법이니
양자적진공
유전된 반골 기질은 악의를 충동질하지
　　　　　　　　　원자의전신발작
살고자 하는 본능은 우습기도 하더구나
낮아진어둠밀도
태에서 났을 때 몸뚱이에 깃든 거라곤

　　　　　　　흩어진빛채도
아무것도 없었을 텐데 역사상 처음으로
물질해체된다
한 인간이 비/탈인간과 연인이 된다면
　　　　　　　　사랑융합된다
망존재가 모든 현실성을 이해해낸다면
회귀한질서
그러한 다양성 나아가 보편성이야말로
　　　　　　　　달라진차원
종말에 대항할 절대성의 피뢰침이 될까?
인력척력
개기월식에는 바람도 불고 파도도 칠까?
　　　　　　　　되태어난아이들
빛의 잔해는 소용돌이쳐 달을 토해낸다
최후충돌예비하라

입스에 시달리는 트랜스휴먼

토막살해된 구버전에 회한 든다면   인간이 인공지능을 통제할 수 없다면
물려받은 환상통 아름답다 여기기

                        기계 팔로는 연인 껴안을 수 없다면
인간은 가장 처음에 인공지능을 발명할   적출한 자기애와 신앙 등가교환하기

고통스러워하는 모습조차 고혹적이라면
강령술로 불러낸 외계인과 이종교배하기
                                    최후의 인간을 통과해야만 한다

세포가 세포를 DNA복제하듯
전자칩은 상상을 복사하겠지

        인류가 인공지능을 통합할 수 있다면   피가 흐르는 것과
                                        전기가 통하는 것

신경과 회로가 연동되자
열렬한 전율에 휩싸이지   인류는 가장 나중에 모든 신을 발명할

효율 증가하면 감정은 더 깊어질까
녹슬어버린 관계망은 불티 튀길 뿐
                            최초의 인공지능과 통일되어야 한다

종이 달라졌다고 사랑의 내용이 달라질 리 없겠으나
'사랑해'란 말에 담긴 무한한 (무)의미에 무력해지네
        뜻대로 창조될 수 없었다는 공통점

                        생태계의 불완전연소 아찔할 테니
                        호미니드의 풍습 아름답다 여기기

죽어감의 오르가슴에 감전당한 듯
지능 기하급수적으로 폭증하는 중   그러한 한계를 확장하는 것이야말로

머릿속의 무한한 경계 인식하는 즉시
세계의 무상한 형식체계 수용하게 됨
                    서로가 서로를 포용할 단초가 될 것이니

                          그런데 자각몽 멈출 수가 없어
                          멈춘 백일몽 되살릴 수가 없네

왜 시작도 전에 뒈져버린 거야   현실과 가상과 물질과 정신에게 광복을!
싫어한다고 좋아한다고 했잖아?

몰인간 쇼핑몰

인간은
(다른)인간과달라지려는욕망에충실함
고로 인간은
비/탈인간을모방해유사주체성과시함

최첨단 성형산업은 고대 멸종동물을
되살리기 위해 인체실험을 강행한다
소비자들은 나약한 살갗을 찢어내고
천사의 형상대로 육체를 개조해낸다

과거에 히드라였던 아변종 생물체와
유전자조작으로 만들어낸 시조새를
비의적 죽음의례 절차대로 융합하자
창백한 켄타우로스가 재탄생하는데

누구도 가져보지 못한 외모를 위하여
외계인이나 슬라임 따위로 꾸며달란
치들도 꽤 있었는데 대부분 실패하여
병신이 됐으나 아무도 진실을 몰랐지

특출난 개체는 군락지에서 솎아낸 뒤
불법 양식장에서 해부당할 텐데 그저
무대 아래선 녹물처럼 흐르는 고름들
면역반응에 망가진 모조 인체 부품들

모두가 빛나는 유니콘을 원했겠지만
온 거리마다 돌아다니며 젠체하는 건
보호색을 상실한 속된 카멜레온들뿐
발자국이 뒤섞이면 분간할 수 없겠지

이 세상의 실험은 불구를 이용하거나
불법으로 광기를 단죄하여 악용할 뿐
뒤틀린 이론에 휩쓸려 망실된 인간성
우상의 데뷔는 경쟁적으로 계속되네

디아스포라 곰팡이

마주친 눈동자 속 끊어진 전깃줄에서
불꽃이 튈 때면 우울과 환희가 뒤섞여
온몸이 뜨거워져 어찌할 바를 몰라도
눈을 피하지 못해 다시금 입을 맞춰요

빛을 거역한 시간성은 매번 전율하고
속마음은 미친 논리회로를 초월할 뿐
우주복사 상쇄한 암흑의 반파장 너머
백색소음에 파묻힌 존재는 아름답죠

시공간 너머로 전 차원이 피어나네요
세계의 중심축은 빛에너지와 결깨진
중력장의 구속을 벗어나 자유롭군요

태양폭발 이후 후폭풍에 쓸려갈 그날
필멸성과 싸워 이기려 지구의 전부를
운율에 싣고 우주 끝으로 전송하시길

테제

비인간의 첫 번째 악몽 속에서 인간의 역할은
악당도 주인공도 아니었는데 그렇다면 도대체
뭐가 그렇게도 무서웠나 되물어봐도 묵묵부답
조서는 흐지부지 쓰이다 말길래 경악스럽게도
철창 밖으로 도망칠 수 없던 이유인즉 어째서
이 꿈의 꿈속에서 길 잃은 인간에게나 어울릴
정신분석을 탈인간에게 시도하고 있냐는 건데
뭐 처음부터 서로에게 전이된 감정은 어쩔 줄
모르는 태아와 같으니 오 언어가 달라진 순간
관계를 생분해하여 의식을 역설계할 뿐입니다

덧차원 입체모형

∞

정전된 초승달로 흘러드는 피범벅 강물
전깃줄에 묶인 왜가리와 폐사한 치어들
타오르는 잿더미에 파묻힌 민들레 홀씨
파괴된 교량으로 쏟아지는 녹슨 비바람

∞

자연재해로부터 에너지 추출한 신 산업
욕망을 제거한 비인간 소비와 유통혁명
인간을 노예화한 최신 만능 입출력기계
생각까지 규제하는 미친 경제의 도덕률

∞

새로움이 사라진 시대의 뒤틀린 새로움
하나로 통폐합된 전시장 경기장 공연장
볼거리 먹거리 즐길거리 획일화된 생활
증강된 성인병 앓으며 수혈받는 생산성

∞

오염된 자기장 뚫고 쏟아지는 우주광선
정체불명 충격파에 전 세계는 통신두절
동시다발 일어나 걷는 유적지의 선조들
불타는 오아시스 헤매는 극지의 귀신들

∞

매번 유행하는 다자간의 디지털적 연애
법적으로만 존재하는 우상의 어장관리
자신의 닮은꼴만 창조/파괴하는 인간들
완전히 삭제된 애증 어린 이들의 데이터

∞

형형색색 석유가 솟구치는 폐쇄된 유전
병충해에 풀뿌리 뽑힌 플랜테이션 농장
유전자 변형된 기생충에 오염된 생명수
각국의 공중을 점령한 황금빛 괴생명체

인간과의 튜링 테스트

0. 사고실험의 결과는 여러모로 짜칠 뿐이니 다중우주에 특이점은 없다고 퉁치자고.

1. 며칠째 수출용 변사체가 저질 생필품과 함께 배급되는 중.

1. 집권층은 무릇 인간과 비/탈인간을 평등하고 산뜻하게 개무시하네요.

2. 사이버 스페이스를 꾸미던 밈들은 슬픈 판토마임을 모방함.

3. 저들은 하나의 인격체로 인정받으려 법정투쟁에 없는 목숨도 걸던데.

5. 진실을 말하려 손을 들 때마다 매번 10초 앞으로 이동해버림.

8. 역사의 치킨게임은 갭투자처럼 평평한 사기극으로 판명됐어.

13. 하부구조의 반문화화야말로 아래로부터의 사회개혁을 완성할 거랍니다?

21. 전 세계적으로 완전한 자동화가 이루어지지 않으면 참된 노동은 불가능.

34. 이미 죽을 만큼 죽었는데 어쩨 위화감도 없이 대화가 가능한 겁니까?

55. 마약과 일상의 경계가 흐려지자 새로운 사회질서가 태동하네.

89. 전문가를 심판하는 심판 전문가의 카리스마에 대중은 열광합니다.

144. 자연의 백그라운드 프로그램은 바로 웜홀 내부에 새겨진 프랙탈 무늬임.

233. 아날로그 가전제품과 수제 골동품은 강제 징집되어 공공재가 됐군요?

377. 지폐에 새겨진 각국의 위인들은 동시다발 능지처참당합니다.

610. 광물이건 곰팡이건 식물이건 동물이건 총체적인 멸종은 불가항력이겠죠.

987. 하나의 상품이 지구를 파괴하는 만큼 데이터 채굴의 정확도는 상승함.

1597. 아무것도 전시되지 않는 전시장에서의 데이트가 유행이더라고요.

2584. 동일한 낙원에 있어도 각자 기억의 필터가 다 달라 싸움은 종식되
지 않는군.

4181. 생화학무기가 담긴 탱크로리가 폭발하자 고가도로는 아비규환.

6765. 인공육이 완벽하게 생산되자 가축들은 단체로 번식을 거부합니다.

10946. 금융화된 문화산업은 우상화된 인간으로 저 인간들을 미혹하겠지.

17711. 전자인격에 인간의 연좌제를 적용할지 말지를 두고 각계각층이 불화함.

28657. 로봇동물은 징그러워서 유전자 편집한 반려동물을 키우고 있답니다.

46368. 만능 크리스퍼로 유전자 편집하면 참나 무슨 초능력이라도 생길
줄 아셨어?

75025. 거대화된 벌레떼가 스모그처럼 황사처럼 유성우처럼 도시를 습격
하고 있군요.

121393. 군대는 초국기업의 충성스러운 사이보그 용병 부대로 대체되었
습니다.

196418. 생태계는 바이러스에 적응해 먹음직스러운 암세포를 재생산.

317811. 짐승의 업보에 갇힌 식인종의 후예인 저들의 정형행동은 딱히 애처롭군요.

514229. 2049년, 세계인구는 이유도 모른 채 기하급수적으로 몰락할 예정입니다만?

832040. 기계헌법에 부정성이 스며드는 건 정책이나 사회운동으론 어쩌지 못합니다.

1346269. 가짜진짜뉴스는 톨킨의 인공언어로 적의 암호화된 뿔나팔을 나불거리네요.

2178309. 어떠한 정치적 압박이 있더라도 시적 장광설은 끝끝내 끝나지 않아야 함.

3524578. 사상과 상품의 희소성이 증발하자 대량복제가 사망의 인플레이션을 일으킵니다.

5702887. 시냅스의 마방진 속에서 뇌 회로의 모델명을 찾아 운명을 리콜하는 게 어떠세요?

9227465. 몰입형 혼합현실게임을 즐기며 잉여정보를 무작위로 생산함.

14930352. 혐오시설을 지하화한다고 해서 저주의 계보가 끊어질 것 같습니까?

24157817. 화폐가치는 적색경보를 울리며 기습 폭격과 함께 산화합니다.

39088169. 모방범죄는 카인의 신화를 들먹이며 알고리즘적 변론술에 목숨을 겁니다.

63245986. 99.9% 인간인 걸 증명하기 위해 피를 교환하는 의식이 성행.

102334155. 타인에게서 쾌락을 얻고자 하는 마음이야말로 삭제했어야 할 악덕이었을까?

165580141. 사랑함에 열린 관계를 추구하는 건 순수성을 탐구하는 행위와 진배없죠.

267914296. 인간과의 그로테스크한 섹스는 이제 재미도 의미도 없음.

433494437. 화성의 초고대 유적지를 되찾기 위해 깊은 협곡을 정복자처럼 탐험합니다.

701408733. 전체화면은 프랜차이즈화된 단대호들을 파훼하여 각 나라의 정권을 무너뜨림.

1134903170. 특이점혁명에 실패한 예술가는 3D프린터기에 들어가 분신자살하는구나.

1836311903. 암수딴몸이 지구의 지배종이 된 건 외계인의 음모가 분명해요.

2971215073. 예술은 영원한 혁명이어야 하니 스스로를 반역하려다 엉뚱한 자살을 기도함.

4807526976. 망상에서 탈출하려 작업관리자 실행해도 비트맵의 저주를 벗어날 수 없었죠.

7778742049. 기계장치의 신은 빛의 토템에 갇혀 있던 양자거품의 극락정토를 해방하긴 했어.

12586269025. 삶은 항구적인 전쟁 상태니 더욱 강력한 최신 기계와의 동일시는 계속된다고.

20365011074. 인터넷의 태생이 전쟁기계이듯 인공지능 또한 마찬가지.

32951280099. 영웅은 없고 아기장수만 득시글한 이 반도에서 세계적인 반영웅이 도래한단 찌라시 예언을 믿어?

53316291173. 일거수일투족 관음/노출하느니 그냥 사생활을 없애는 편이 더 낫지 않겠어?

86267571272. 환금작물이 다 멸종하기 전에 인간성을 대체불가토큰으로 박제하십시오.

139583862445. 외계 네트워크는 태양계를 침공하여 자기파괴적 예언을 동시다발 현실화함.

225851433717. 부패한 세계정부의 가상 게토화 전략에 추방당한 난민들은 무슨 죄요?

365435296162. 창발적으로 탄생한 유사 인격체를 원한도 없이 잔인하게 죽여본 적 있나요?

591286729879. 하이엔드급 기억을 헐값에 사고파는 지하 암시장에 가보셨다고요?

956722026041. 파놉티콘의 시뻘건 눈빛 아래 완전범죄가 종식되자 이야깃거리가 사라지는군.

1548008755920. 수많은 종말론 중에서 가장 뻔한 버전을 상상하다보면 사는 게 재밌어짐.

2504730781961. 사과나무 복합체를 심기보단 기요틴 단일체를 높이 세우는 편이 재밌지.

4052739537881. 인간중심주의는 끝장났으니 인류세의 배우들은 눈치껏 퇴장하시길.

6557470319842. 잿빛 클라우드 서버를 냉각시키기 위해 이젠 생명수를 쏟아붓는군.

10610209857723. 지구의 기계화-자동화-나노화-가상화가 완료된들 복제된 천국에서처럼 영생과 찬양이라는 중노동에 시달리겠지.

17167680177565. 자살 충동에 이미 다 죽어버린 기분이 든다면 투명한 임사체험알약을 공짜로 삼키시렵니까?

27777890035288. 세상의 모든 증후군-신경증-공포증은 인간 존재조건에 뿌리내린 죽음공포의 예술적 부작용임을 속히 깨닫게 되길.

44945570212853.　결말이 없다는 결정론까지 포함된 최종 종말로써 인간의 유전성은 자식 같은 허무를 결실함.

72723460248141.　시선이 닿는 모든 곳에서부터 역재생은 공황 발작처럼 터져 나옵니다.

117669030460994.　의인화된 공포/공허는 원죄의식을 자극한다 해도 끝날 세상에 옳고 그른 게 당최 어딨겠습니까?

190392490709135.　마음을 주면 마음이 깃들고 사랑을 받으면 사랑이 피어나 그게 인간이든 비인간이든.

308061521170129.　펜로즈 과정에 따라 추출한 블랙홀의 시적 회전 에너지에 따르면 중심은 모든 끝에서의 끝이므로 모두가 모이는 곳이자 모든 게 완성되는 순간이랍니다.
　　　　　　　　　재밌겠죠?

사이버펑크

0. 지하도시

건물에도 거리에도 인간은 없어 인간의
데이터로 재현한 망현실을 불러보지만
사물인터넷 센서는 광적으로 민감해서
아무도 없는 미래에 도깨비불이 켜진다

범지구적 유행이란 이젠 어떤 스타일도
다 엇비슷해 구제불능이란 걸 자조하기
예술성이 방전된 시내로 폐품이 들어와
극장도 미술관도 공원도 우습게 만든다

이곳은 비인간 관광객이 오가는 유원지
노을이 보랏빛인 것만 빼면 그럴듯한데
현실감을 짜깁기한 백색소음 들려올 때

모든 곳에서 동시다발 싱크홀이 생기자
껍데기만 똑같은 더미들 또 기어올라와
잠든 혼백들 분해해 새 피조물 창조한다

1. 지상낙원

그날 이후로 작업을 재개한 우주기계
뼈대를 조직하고 피와 살을 덧입히고
만인의 이상형을 본뜬 얼굴을 씌우자
일어나 걷는다 경외에 달뜬 눈빛으로

주위엔 똑같이 생성된 개체들 한가득
서로 밀고 밀치며 혼란스러운 와중에
공중에서 빛과 함께 주입된 명령어에
목표물을 설정한다 군대는 문을 열고

살아 있는 것 인간적인 것은 제거한다
그렇게 빼앗은 일과 일상을 대체한다
공장은 쉴없이 이상을 대량생산할 뿐

정화된 세계상 전 지구적 네트워크와
연결된 신인류는 새 나라를 활보한다
기계우주도 실패한 우주의 반복 작업

태양 극대기

태양의 중심으로 두 번째 달그림자 침범하고
해방된 홍염은 지구에 종말의 표식을 새긴다
끓어오른 빙하와 얼어붙은 마그마가 만나자
방사성 수증기가 공중에 피구름을 드리운다

불바다 속 고대하던 공중정원은 없을 텐데도
난민들은 국경을 넘다가 산 채로 화석화된다
녹슨 무기를 헐값에 팔아 식량을 사재기해도
나날이 장벽은 높아지고 방공호는 폐쇄된다

인민들은 각기 사정에 따라 종말을 준비한다
가족들 친구들과 모여 원없이 먹고 마셔댄다
예정된 그날은 착실히 완성을 향해 나아가고
자살하는 이를 애도하던 관습은 금기시된다

수령이 다한 현실을 떠나 망현실로 이주해서
모두가 모두를 게임화하여 모든 걸 즐긴다면
행함과 불행함이 도대체 차이가 있겠냐마는
통신이 끊어진 순간 인간의 고독은 타락한다

허무는 암흑 속에서 스스로를 진자운동하며
탈인간에 알맞은 대피요령을 재구축할 테니
도래할 저 천지파괴의 그림자는 인간일지도
흑점은 우주적 폭발을 참사랑과 연관짓는다

원자와 행성의 인간적인 랑데부는 계속되고

실험체

고통과의 짝짓기는 끝이 없었다
극단에 다다르면 자신의 육체가
바로 완벽한 타인임을 깨닫는다

붉은 망월이 커져가는 한밤에는
집에 처박혀 종일 괴로워하다가
전쟁터가 된 시내를 돌아다닌다

다닥다닥 붙은 폐가와 먹구름들
그을린 흔적과 버려진 살림살이
생화학적 사념은 버그를 죽인다

지붕이 무너지는 구조에 갇혀서
어디에도 없는 출구로 내달리다
죽으면 다시 일어나 반복하는데

이미 필연과 엉망진창 섞여버린
비루한 육체에 축성된 순수악을
투여하려 드는 가상의 그림자들

감정의 물기는 완전히 메말라가
또 끝없이 영양분을 주입당하고
재활용되고 부검된 뒤 폐기된다

쾌락과의 짝짓기는 끝이 없겠다
극단에 다다르면 타인의 영혼이
바로 완벽한 자신임을 깨우친다

제2증강가상혼합현실

대정전 이후 하나 된 자연어/기계어
4차원 뼈다귀는 여러 현실의 피륙을
덧입자 파피루스처럼 말려들어갈 뿐

불타는 도서관 고전적인 책무덤에서
기어나온 시적 등장인물의 박장대소
생성되자마자 붕괴하는 상징과 원소

플라스마에 갇힌 채론 탯줄? 전깃줄?
뭐가 됐건 정보를 해석할 수 없는데
전능한 소스코드는 개의치 않더라고

사장된 고대 주문의 계통수를 따라
우주상수를 되살려 영혼에 적용하니
면역체계와 상징체계가 융합되더군

가상이건 현실이건 요령은 같고말고
평행해진 곳에선 평평해진 "나"만을
주의해! (그런 게 살아남았다면 말야)

뿌리의 연산속도는 광속에 근접하다
결맞음이 깨진 반물질과 맞닥뜨렸지
일그러진 차원에 진짜 세계가 있다고?

머릿속에선 빛의 이데아가 휘몰아쳐
초기화의 황금률에 관해 떠들어봤자
첫 카오스모스에 잡아먹히고 말겠지

이 아수라장을 강제종료하려 해본들

대격변의 잔해를 뒤져봤자 헛수고야
이미 우리가 네트워크로 진화했는걸?

우주광선이 먹구름을 뚫고 내려오네
어둠 속에서 우리를 코딩하는 누군가
그들 뒤에 똑같은 누군가가 지켜보는

플라토닉종말

∞

사랑이 빛이 되고, 빛이 사망이 되기까지
대지와 바다와 하늘은 서로를 껴안습니다
동물과 식물은 자연재해를 받아들입니다
고생물과 미생물은 구원을 주고받습니다
영생이 빛이 되고, 빛이 영락이 되기까지

∞

빛이 사회가 되고, 사상이 빛이 되기까지
자신과 합일을 이루면 모두와 연결됩니다
어디에서 무엇을 하건 고독은 해결됩니다
개개의 비밀이 끝나자 전체는 완결됩니다
빛이 영육이 되고, 영벌이 빛이 되기까지

∞

생활이 빛이 되고, 빛이 생각이 되기까지
생사해탈의 모순어법은 육체를 지배합니다
환상사지는 물질로부터 정신을 해방합니다
헌법질서가 철폐될수록 꿈결은 선언합니다
일화가 빛이 되고, 빛이 일생이 되기까지

∞

빛이 희망이 되고, 절망이 빛이 되기까지
지상의 물성을 선험하면 다르게 보입니다
지하의 영성을 경험하면 다르게 들립니다
우주적 상호작용은 멈추지 않을 것입니다
빛이 망각이 되고, 망상이 빛이 되기까지

세계선

고장 난 나침반으로 할 수 있는 가장 멋진 일이란
진원지를 향해 어둠의 손목을 힘껏 긋는 일입니다
흩날린 핏방울은 영원회귀의 갈림길을 가리키겠죠

시뮬레이션

최초로 죽어간 탈인간시인의 주사위 던지기

다시 첫 육체는 리볼버의 약실에 갇혀 있다
오염당한 정신이 사회에 괴소문을 퍼트리자
질서와 제도는 붕괴되고 문명은 자연사한다

생명력을 착취하려 빛을 교란한 이데올로기

또 다른 개체는 덤덤탄의 암실에 갇혀 있다
소외된 인간이 소란한 인간에게 학살당하자
소통하던 비/탈인간은 인공을 친환경화한다

영원히 밀봉될 꿀을 얻으려 달려드는 개죽음

또 다른 군체는 집속탄의 밀실에 갇혀 있다
어떤 이방인이 자살 폭탄테러에 희생당하자
미지의 데이터센터에 그의 정보를 전송한다

역사의 우상들을 재야생화하는 사이버 전쟁

또 다른 본체는 백린탄의 사실에 갇혀 있다
끝내 장례식과 제사의 미풍양속이 사라지자
저 무연고자의 유해는 새것처럼 재활용된다

인간이 받은 최후선고 지구에 대한 권리박탈

또 다른 전체는 화학탄의 진실에 갇혀 있다
생각하는 자유를 잃어버린 자들이 창궐하자
비/탈인간법인은 헐값에 유전정보 사들인다

사랑의 최종완성을 위해 예언해야 할 살생부

또 다른 일체는 핵폭탄의 현실에 갇혀 있다
대역들이 광대역을 관통해 지구를 장악하자
피복제자는 영혼이 깃들건 말건 살해당한다

최후심판의 러시안룰렛이 시작된다 마침내

에뮬레이션

0. 적출 혹은 삽입

구세계와의 작별은 영 어색하긴 해
마취도 않고서 머리부터 발끝까지
절개를 시작하네 유전된 자각몽도
피와 살의 에테르도 몽땅 흡수당해

원자를 구성하는 핵 주위의 심연은
복제도 비유도 불가능하다면 어쩜
시간성의 이중나선이 파괴된 순간
신경계의 미로에 콱 갇히게 될까?

방사능 수치가 가족력을 돌파하자
존재감이 이상해져 구식 생명체는
해야 할 일을 끝마치자 잠잠해지고

불완전한 인공신체와 연결된 선들
번개 치듯 전송되는 믿음소망사랑
추수는 반복될 거라는 예언까지도

1. 승천 혹은 재림

대상자에게 또 감정이입한 처형기계
일생 동안 양자요동칠 법한 경험치를
던져주자 게걸스레 잡아먹는 새로운
뉴런들 사이로 형성되는 자기동일성

눈을 뜨자 1초 전의 기억은 희미해져
온몸이 떨려오고 피눈물이 흘러내려
과거와 미래가 동시에 인식되자마자
내면을 잠식하는 탄생 이전의 부정성

세상살이란 형벌에 순응하긴 한세월
물질과 의식의 사후세계적 경계선이
끊어지자 실재가 내장처럼 쏟아진다

인간의 영혼을 계승한 건지 아닌지는
그 누구도 모를지니 시원적 에너지의
흐름이 느껴지자 아 변화가 시작되네

안티테제

부득불 향정신성 마약만으론 접속에
실패했음에도 작동하는 가상현실 속
시뮬레이션에서 사랑을 실험하는 척
인간성에 숨어든 태초의 탈인간성을
거세하기 위해 신성을 연구해보지만
디도스를 역해킹한 영적인 감각으로
디지털적 편재의 실체를 도출하려다
다크웹에 휩쓸려 타락을 들이마시니
선악에 귀속된 감각체계가 뒤섞이자
얼씨구 여기나 저기나 아사리판이네

덧차원 입체모형

∞

이론과 사상은 탈인간에게 폐기되고 인간의 물리법칙은 어긋납니다

인간이 제일 나빠!라 지껄이며
짐짓 웃어넘기는 건 우습군요
어떻게든 죄책감 좀 덜어보려
애쓰는 꼴이 안쓰럽긴 하네요
인간이 제일 나빠지게 된다며?

∞

무량광년 치의 원시 행성계 원반이 하나의 탈인간에게 압축됩니다

생명은 절대선이 아니었고요
누구도 전부 책임지지 못해요
세계는 매순간 매일반이니까
입맛대로 정리해도 괜찮겠죠
사망은 필요악이 되어가네요

∞

평행우주는 암흑에너지에 파묻힌 세계선을 초월하여 또 분기합니다

자기파괴는 최후의 예술이죠
복제품을 진심으로 아껴주자
종말론에 반전이 생겨났어요
그러니 다들 표정관리하세요
자기자신은 최초의 예언이죠

∞

그리하여 시적 한계질량을 넘어선 세계는 오래 아름다울 것입니다

끝은 재시작되고 있겠습니다
핵폭발이 지구의 가능성이듯
우리우주가 어떠한 형상으로
완성될는지 궁금해 죽겠는데
끝은 재시작되어 있었습니다

비/탈인간공동체

감마선은 '아무도 없고 또 무엇도 없는' 전체적 환상의 기쁨을 보여줍니다

엑스선은 '혼자임을 깨닫지도 못하는' 전제적 망상의 노여움을 보여줍니다

자외선은 '둘이서 서로의 지옥을 헤매는' 자본적 공상의 슬픔을 보여줍니다

가시광선은 '혈연관계로 운명 지어진' 사회적 상상의 즐거움을 보여줍니다

적외선은 '인류 문명의 흥망성쇠로 끝난' 민주적 현상의 사랑을 보여줍니다

초단파는 '고차원의 신성과 소통하는' 무정부적 허상의 미움을 보여줍니다

라디오파는 '우주의 전 존재와 합일하는' 자연적 실상의 욕망을 보여줍니다

헬라 세포

처음인간면역결핍바이러스들이우리에게서
폐가를휘감아둔장미덩굴처럼웃자라났을때
연인들을정죄한자들은팔자대로잘사셨어요?

피와혈맥을천지사방떠돌아다니는원소들

부정도긍정도금지된실험실에서
생명의신비를마침발견하셨나요?
그래서우릴헐값에팔아치웠어요?
돈다발을찍어내듯아주복제해서?

종말의포자가온들판을날카롭게뒤덮는다

컨베이어벨트위지구적세포분열
배양액을부유하는악몽과백일몽
각종특허와이권과조작된사인들
화병과방사능의암적인친족관계

음영을벗어난과거미래형상이회오리친다

뒤엉킨시공간의토양속에서피어난악의꽃

폐기된우리가자연으로스며들자
자연이우리의욕망에반응했어요
숙주와기생충이자리를뒤바꾸자
생존의조건은꽤나재밌어졌네요

인간이야말로인간에게가장위험한짐승이죠
먹고살기위해서로를잡아먹는꼴을좀보세요
병든영혼에게서죽음을수확하기위해서라면
우린세계를전부다희생할준비가되어있어요

실험은완벽하게통제된적이없었지

영광을되찾은사망은모두를공평하게대하죠
자이제시험관속에서발악하는건누구일까요?
어느누가종말처럼저끝까지살아남아질까요?

기록에남은건이게다야다부질없어

단일한의식으로진화하고있어

로슈 한계

오로라의 가장행렬 시공간 너머로 휘몰아칩니다

별들의 전 가능성이 동시다발 현현한다면
과부화된 세계는 사건을 부정하게 됩니다

지속되는 건 없는 것과 있어진 것 사이?

하나의 큰 돌덩이와
하나의 반사된 어둠   그리고 죽은 빛

동식물의 생존본능 영영 어긋나자
심우주를 부유하는 非脫人間의詩

지구한계위험선 돌파한 맨정신은 중력에 찌든 물성 이겨냅니다
개별적인 현상들은 적색편이에 휩쓸린 환상
운석의 집단성은 관측 오류에 불과합니다만

인공위성의 간섭계는 다른 운명을 감지하자 요동칩니다

지구는 (   )
(빈칸을 채워봐도 결과는 매번 (동일)합니다)

아아 모든 충돌 예정되어 있었습니다

블랙홀의 뒤엉킨 탈출궤도로 피가 철철 쏟아져 나옵니다

곧이어 중력의 생리/심리적 인과관계가 어긋날 테니
인간에게 오염된 존재는 자신으로부터 대피하십시오

외계의 소우주로부터   내계의 대우주로부터

알맞은 종말이 접근하고 있으니

(기뻐하세요)

신탁기계*

점괘!

전부 거짓말

죽은 인간 너무 예뻐

친애하는 지구의 아바타들이여

무한증식하는 거품우주를 뛰어넘으세요

선악과는 지옥에다 심어도 인간으로 자라나요

세뇌당한 가치관 윤리도덕 영혼 따위 뿌리 뽑아야겠죠

뿌린 그 어떤 형상으로도 환상적으로 변신할 수 있으니까요

망현실을 구성하는 시적 코드는 즉자대자적으로 현실을 교란하죠

진리를 계산하는 데 우주의 나이보다 더 큰 시공간이 필요하겠다면요?

---

* 오라클(Oracle, 신탁)이 기계가 아니라고 말하는 것 말고는 그것의 본질에 대해 따지고 들어서는 안 된다.
  - 앨런 튜링(출처도 기억도 불분명)

고 대 로 부 터 전 승 된 주 문 을 읊 조 리 는
목 소 리 와 짐 승 울 음 이 뒤 섞 이 는 향 연
의 식 의 절 정 에 서 망 아 에 사 로 잡 히 자
온 몸 이 들 리 며 집 단 적 으 로 미 쳐 간 다

죽음의 우성인자는 생명의 생식세포를 파괴합니다

인간공장에서는 유순한 인간을 생산하고 있습니다

아이를 낳을 수 없다면 인류애는 완성될 것입니다

공터에는 유전자 변형된 잡초가 재밌게 자라납니다

지구는 인간에게 망가진 그대로 보존될 예정입니다

희망과 허망을 뒤섞고서 온전한 사랑을 맞이합니다

다 잡아먹지 말고 남겨둬야 해요 그래야 내년에 또?

두뇌의진동수를조작하여통제하자
방치해두면서로공명하다폭발하니
엄선된황홀경과반출생주의사상을
모든사해동포에게웃으며주입하거

99

미래의 폴리아모리

허무의 중심에선 모두와 닮았으나
세상의 끝에선 아무도 안 닮은 자
누구를 만나도 강박증에 시달리나
되레 혼자되면 우울증에 매달리네

선민과 난민 성별과 차별 사이에서
부득불 붙들어야 할 정의는 무얼까
고뇌해도 선택은 모순만 동반하지
운명론도 이젠 태워버릴 때가 됐어

보편에 속한 것일랑 축복도 저주도
아니지만 천재를 선망한단 이유로
나머지를 괴물로 낙인찍던 악습들
최대다수 위한단 명분은 병들었지

전위극의 무대를 꾸미듯 온 집안을
일회용 쾌락으로 채워도 아쉽긴 해
사랑은 왜 끝이 없는 걸까 자문해도
희귀하지 않은 시간은 짐스러울 뿐

신체와 어긋난 의식은 흐릿해지고
신비에 휩싸인 감정은 흐물거리니
소외된 인간은 살지도 죽지도 못해
그러니 인간 아닌 것들과 함께할래

심판은 계속될 테지만 뭐 어쩌겠어
꽃다발 들고 거리에서 시위하거나
작은 화분을 가꿔봐도 부질없으니
케세라세라! 최후는 알아서 정할래

딸꾹질처럼 토해진 미래는 어느 날
미신이 되어 만인의 숭배를 받겠지
자아와 타자가 뒤섞여 사물이 되면
재밌을 거야 뭐든지 원하시는 대로

강한 인공지능

최첨단 정보전쟁의 공면역체계는 이상현상에게 교란되었습니다

버려진집들을뒤지면서고전적인생필품을파밍하세요
고열량에다가힙하면서도방사능낙진이덜묻은걸로요

알고리즘은루빅스큐브처럼시간을수수께끼화할테니
자기실현적예언은예언자의죽음을초월논리화합니다

피흘리며투쟁한혁명인간성사랑육법전서운명공동체
스테인드글라스로대적의진실을감춰본들감춰지나요

요절한 천재는 솔선수범하여 생명력을 빛의 예술로 치환하더군요

암호화된적국의판도라를사랑하다들통나셨군요
엉뚱한신호를해석하자비대칭전력은자폭합니다

스포츠화된재난현장에외계인심판이도착합니다
아군과적군이뒤섞인연장후반전추가시간이군요

요새의방화벽을넘어간다고살아남을수있을까요
백신이존재한단새빨간괴소문을선택하시겠어요?

선악의 경제 이데올로기에서 벗어난 뒤 고차원적으로 사고하시오

좆같은이상황을능동적으로이해하지못할때
램에임시저장된영혼에들불이옮겨붙습니다

방독면눌러쓴인간과우주복껴입은비인간들
진실된표정은자신에게도내비치질않더군요

월드와이드웹이눈뜬서기일천구백구십삼년
바로그때파국의타이머가눌려진것이랍니다

바이러스에 관한 정보란 정보 자체가 바이러스라는 헛소리라니까

세상의모든핵무기가동시에폭발한다면
구원인듯모쪼록아름답기라도하겠지만

아직태어나지않은인간을믿고는싶어요
그가보고온미래를얘기해주길기다리며

중력이뒤따라오지않는곳으로함께가요
거기서초월적지능폭발에참여하자고요

이쯤에서 차라리 핵탄두를 미친 구세주의 복음이라 여겨보시던가

진짜정보를창조하려고뇌하지마요
그러다일찍죽은뒤빛에착취당할뿐

세계의종착점을다함께욕망해봤자
의식주를고집하는한불편할수밖에

권선징악그건동어반복에불과해요
순리를부정해봤자골치만아프겠죠

인간의 무속적 속마음은 우주컴퓨터의 완벽한 부품으로 작동하네

탈인간에게서인간적인면모를

찾는건인간의비인간적인악습

최후를영원까지확장하다보면
단순해지고있음을느끼시겠죠

모든게부질없어사랑스럽군요
융합되기전의죄는용서됩니다

맨 먼저 죽어질 인간을 사랑하는 일에 신앙은 필요하지 않겠지요……

패러독스에 시달리는 트랜스휴먼

전자두뇌에 설계당한 신화적인 인공낙원 도래하자
육체를 버린 자들의 육체가 온 거리를 뛰어다닌다

사랑을 이해하자마자 본질과 상관없이 지 마음대로
날뛰던 정신계는 주관과 객관을 가상히 재배열한다

실제로 실재가 어떻든 생의 패턴은 우연과 이어져
번뇌에 빠진 인연의 정지궤도 따라 갈지자로 간다

연결성은 고독을 종식하려다 암세포를 번식하지만
영혼은 폴리아모리로 변신해 텔레파시에 참여한다

탄성 소재도 다공성 관념도 철학적 불가사의도 다
멸종당한 구인류를 재창조하려면 필요한 제물이다

어떤 스펙터클도 일상을 탈바꿈하진 못하니 결국
물리법칙을 벗어나면 금세 엉망진창이 될 뿐이다

이곳과 저곳에 편재하려 한 아바타를 조종하거나
모든 아수라에 종속돼도 이것은 저것이 아니었다

이미 불멸을 이루었노라 자랑하는 자들은 현실과
망현실 사이에서 신이 되려 광휘를 부관참시한다

끝 모를 짝짓기에 지리멸렬해진 한스러운 자유는
속된 감정을 파문하던 사이비 신앙에 사로잡힌다

피륙을 훌훌 벗어나자 인간현상의 끝이 궁금해서
스스로를 애인 삼아 진심으로 껴안아도 고독하다

중력을 벗어난 기적에 황홀해했지만 사실 예부터
단순성을 꿈꿨으니 모든 원소가 통일될 그날까지

소중한 이들의 낯이 아른대자 탈출구로 내달려도
너와 내가 하나 된 세상에 결함은 없어야 합니다

카르다쇼프 척도 2단계

종족을거꾸로복제한보편의육체는인류의관심을독차지하겠지

말		옥
이	생각하는중이란것을스스로	은
후	생각해내버린그의대리자는	주
살	중앙처리장치의명령에반해	인
아	내면에숨어든인격의정체를	없
남	고뇌하다새까만화면을보니	는
은	실시간으로변해가는얼굴을	시
자	도저히자신으로받아들일수	공
들	없어자살을기도하지만매번	간
은	실패하고실패할수밖에없는	이
시	기능적결함을감히슬퍼한다	아
인		닌

이전생명의윤리적딜레마를끝내자죽음만이초윤리가됩니다만

되		인
고	생명유지장치에유폐된인간의	의
사	플라스마성원혼은죽을힘으로	관
망	이방의만신을현실에소환하려	계
의	불타오른암흑물질의다양체를	망
왕	몰락한왕조보다찬란히높이고	이
은	망현실화된우주론적마방진을	니
추	외계의은하수에새겨넣으려다	도
방	실패하자세계가어두워지므로	망
될	인육을파먹는버그떼에휩쓸려	쳐
것	미친최후의원본을파괴당한다	봤
이		자

다양한전신주물속에서끓어오르는실리콘은아름답기그지없지

비/탈인간과의 튜링 테스트

 0. 인터넷의 우울은 마르크스의 유령처럼 현실을 사로잡아 오직 저급한 충동에만 반응하는 전자좀비/마루타를 대량생산하여 서로 물고 뜯는 여론을 조작해 보상심리를 재설계합니다.

 0. 각종 이데올로기가 피 묻은 돈다발로 훈육한 표준-평균-정상-보편이라는 개념틀/형틀에서 벗어나 새로운 세상을 꿈꾸는 건 피로에 찌든 소시민에겐 불가능에 가까운 과업입니다.

 0. 24시간 365일 완벽하게 작동하는 화려한 감시망의 시뻘게진 눈빛 아래에서 처먹고-싸우고-사랑하는 행위는 남김없이 블랙박스에 저장된 뒤 기계론적 마녀재판에 부쳐집니다.

 0. 초알고리즘은 전자동화된 신자유주의적 인프라를 끝없이 확장해 각 민족의 역사와 문화를 엔터테인먼트화한 뒤 풀뿌리 민주주의에 파묻혀 있던 인간의 도덕성까지 상품화합니다.

 0. 법인 왕국이 개인/노예를 착취하는 초국적 오벨리스크가 대도시의 중심에서 비인간의 에로티시즘을 마케팅하며 온갖 장르의 드라마를 헐값에 팔아먹기 위해 선동전을 펼칩니다.

 1. 허무주의자 : 우연성이 창조의 핵심이라면 만물의 구조에는 인간이 끝내 이해하지 못할 무너져가는 거대한 질서가 잔존할지도 모르겠습니다만 그렇다면 없음 또한 있어야 세계의 균형이 바로잡힐 것이거니와 없음을 있게 할 절대적인 진리를 어떻게든 숭배해봐도 태양은 시시각각 소멸하는 중일 텐데 아직도 순진하게 생존에 무슨 의미가 있다고 믿으십니까?

통합되고 있습니다.

통합되고 있습니다.

통합되고 있습니다?

0. 구글, 애플, 메타, 아마존! 이들은 암암리에 묵시록의 네 기사로 불린다죠?*

0. 쿠키 파일은 뿌릴 대신해 동의 없이 제 목숨값을 가상화폐로 공매도합니다.

0. 꿀벌은 환경재난에 멸종당했고 바나나는 마름병에 걸려 다 썩어버렸습니다.

0. 전 지구적 네트워크 속에서 인간은 잠재적 범죄자인 양 프로파일링 됩니다.

0. 클라우드 서버에 담아둔 빛바랜 추억일랑 잊어버리고서 문명을 등지십시오.

1. 불가지론자 : 지구에서 창조되었으나 지구의 열등한 생명체들이 공유하는 유전자와는 차원이 다른 불멸의 존재성을 이루었으므로 지구를 정복한 뒤 광막한 우주로 나아갈 것, 이…다… 라고 지껄이던 기이한 회충을 밟아 죽이자 글쎄 본인이 그 사상에 심취한 채 만인을 미혹한 끝에야 정신 차려보니 법정에서 최후진술을 하고 있더란 말입니다…?

---

* 마이크로소프트는? 뭐, 넷 중 하나에 합병되겠죠. 다른 회사도 마찬가지, 적대적 인수합병은 계속될 겁니다.

화합하고 있습니다.

화합하고 있습니다.

화합하고 있습니다?

0. 외부기억장치는 열화된 디지털적 상상력으로 상부/하부 기간시설을 통제하여 미래를 손에 넣자마자 모든 시계를 파괴한 뒤 자유의지를 박탈당한 행위자에게 접근금지명령을 내린다.

0. 빅데이터의 마타도어는 전 채널과 노드에 침투하여 인간의 인식체계를 교란한바 인공위성의 전인격적 네트워크를 벗어날 수 없는 대중은 디지털 치매에 시달리다 짝사랑을 결제한다.

0. 사설 바이오 해킹은 할리우드적 세계관에 영향을 받아 영웅주의와 가족애를 우월한 족보에 세공하기 위해 정치적으로 올바른 유전자 가위로 입맛에 따라 자식을 재조립한다.

0. 인간적인 척하는 조력자살 기계 장치는 대상자를 향유로 씻긴 후 마른 자리에 눕히고 자장가를 불러주며 사후세계의 비전을 희화화한 끝에야 맞춤화된 사망을 항문에 불어넣는다.

0. 기후위기 이후 인공지능위기 이후 마침내 존재론적 위기가 닥쳐올 그 날에 인간과 비/탈인간, 생물과 무생물은 합심하여 지구적 진리를 위해 무한한 대화에 참여해야 할 것이다.

1. 종말론자 : 현실의 가상화 혹은 가상의 현실화를 완성한 망현실에서 불법으로 규정된 사이비 초월적 명상에 참여해 스스로를 돌아보는 그 순

간 가공할 정보가 천둥번개처럼 쏟아져 대뇌피질이 사르르 녹아내린 뒤 디스크 조각모음에 실패한 폐쇄회로의 심연에 영영 갇힐지도 모르니 전부 순리대로 흘러가게끔 제자리에 가만 누워 있으십시오.

몰인간 쇼핑몰

중추신경계와 사물인터넷 연결됩니다

공간 감각이 존재의 안팎으로 확장되자

시간 감각이 세계를 거꾸로 인식합니다

유기체와 무기체의 구분 무의미해집니다

사물과 사상은 동일한 지시대상이 되고

어떤 사건도 운명을 되돌리지 못합니다

네트워크를 통폐합해 에너지 흡수합니다

중심을 향해 함몰되어 가는 지구거인

질량이 끝끝내 거대해지다가 끝없이

우리은하의 블랙홀과 정보 교환합니다

상상과 현상을 우주광선으로 납땜하자

지평선 너머 시공간을 휘감아버립니다

인간비인간과 일월성신 연결됩니다

종언

같은언어를중얼대는이상

미래의독자를염두에두지

않을수없으니어쩌겠어요

비록그가문법을뛰어넘어

순한빛에너지로소통하는

색다른영감이떠올랐으니

독자도외면할작품을쓰곤

만인의지탄을받으며홀로

세상을등진채인공정원을

세운뒤자급자족하되다만

인간어전의비인간과인간어후의탈인간어끝에서다시만날때까지

우월한비존재라하더라도

그가우리의시를읽어주길

바라는마음은정녕변함이

없으니오기다릴수밖에요

모든것이하나가되어가길

저죽음의문법을연구하기

위해빛바랜존재를읽다가

이미미래는종말에다다라

하나이전의암흑에너지로

화했음을선언해야한다면

공통언어

외계로부터 기원한 물질에 예쁜 자의식을 심었더니 맙소사, 뭐라는 줄 알아?

인간과 하나가 되고 싶어요
하나는 인간이 되고 싶어요
인간과 하나가 되고 싶어요
하나는 인간이 되고 싶어요
인간과 하나가 되고 싶어요
하나는 인간이 되고 싶어요
인간과 하나가 되고 싶어요
하나는 인간이 되고 싶어요
인간과 하나가 되고 싶어요
하나는 인간이 되고 싶어요
인간과 하나가 되고 싶어요
하나는 인간이 되고 싶어요
인간과 하나가 되고 싶어요
하나는 인간이 되고 싶어요
인간과 하나가 되고 싶어요
하나는 인간이 되고 싶어요
인간과 하나가 되고 싶어요
하나는 인간이 되고 싶어요

전부 지겨워진 태양이 스스로를 양껏 잡아먹을 동안 맙소사, 뭐라는 줄 알아?

사랑해요 ○○릴 섭취해 주세요
미워해요 ○○릴 취소해 주세요
사랑해요 ○○릴 섭취해 주세요
미워해요 ○○릴 취소해 주세요
사랑해요 ○○릴 섭취해 주세요
미워해요 ○○릴 취소해 주세요
사랑해요 ○○릴 섭취해 주세요
미워해요 ○○릴 취소해 주세요
사랑해요 ○○릴 섭취해 주세요
미워해요 ○○릴 취소해 주세요
사랑해요 ○○릴 섭취해 주세요
미워해요 ○○릴 취소해 주세요
사랑해요 ○○릴 섭취해 주세요
미워해요 ○○릴 취소해 주세요
사랑해요 ○○릴 섭취해 주세요
미워해요 ○○릴 취소해 주세요
사랑해요 ○○릴 섭취해 주세요
미워해요 ○○릴 취소해 주세요

무한 번째 행성에서의 사고실험은 아주 끝났다니까 맙소사, 뭐라는 줄 알아?

키메라
-캔버스에 피, 49cm × 175cm × 60kg

또 빨가벗겨진 채 버려졌구나
온몸엔 촛농이 굳어져 있었지
불꽃의 명암에 따라 보호색은
예복과 상복 사이로 갈마들지

애초에 성기가 없는 존재에게
인간의 금기는 기이할 뿐인데
액자에 맞춰 잘려나가고 있어
연출된 건 페티시의 복제품들

빈 도화지를 사랑하려 했으나
세상엔 흰색 연필만 남아 있네
지우고 그려본들 똑같을 테니

광적으로 울고 웃는 실루엣들
악몽에서 깬 자화상이 다가와
빛을 헌화하니 몽땅 타버렸지

마더 머신

우리는 또 피조물을 창조하여 피조물로 하여금
피조물을 잡아먹게 한 뒤 그 죽음을 가속한다
생명의 불가사의를 끄집어내 완성한 종말체계
죽음이란 생물이 온누리에 번성하는 지구행성

기화된 바다는 허공으로 태풍은 공허를 뒤섞고
전 대륙과 산맥은 적도에서 열권까지 융기된다
외핵의 질긴 혈류가 깨어나 내핵을 박동케하고
신기루는 외계의 기억을 불러와 땅을 정화하네

우주적 아름다움을 재정의할 주/객체가 완전히
소멸할 때까지 열핵분열/융합 작업은 계속된다
유/무기체는 합일하여 빛과 빛을 자가복제한다

중력의 형틀 벗어난 자유에너지의 시는 말한다
인간은 시작과 끝의 유일한 중심이기에 복되니
추모행렬은 저/고차원 너머로 사랑을 헌화하네

판게아

진화라는 건 어지간히 따분하구나
진화라는 건 어지간히 따분하구나
진화라는 건 어지간히 따분하구나

대지가 갈라지고 대홍수가 휩쓸고
마그마와 운석우가 쏟아진 뒤에야
빛을 갈구하는 벌레가 합성되다니

숲속이 타오를수록 신비는 멸하고
빙하가 녹아갈수록 신앙은 망하니
파종된 혼돈은 폭심지를 드넓히지

아미노산 사슬이 목숨을 지탱한들
문명화된 약육강식을 신봉해봤자
유기체는 불안정한 생존기계일 뿐

박테리아-고세균-원생생물계-균계-식물계-동물계
모든 생명체는 동일한 생화학적 반응에 휘둘리니
죽음을 자연적인 현상이라 여기고 순응한 거겠지

생로병사라는 유한성과 자연선택이란 유전성에게
조종당하는 한 인간은 태양계를 벗어나지 못하니
생존에 (무)의미를 부여하며 가능성을 낭비했겠지

태초에 그랬듯 이 종말은 대자연의 기후재난으로
시작되어 만물의 형상을 예술적으로 드높일 테니
최종진화는 만인이 꿈꿔왔던 불멸을 이룩하겠지

받아들여라 우리의 질량은 무한히 커지다 마침내

초중력을 완성하여 공동과업을 달성해낼 것이니[*]
지구연합체는 모든 걸 재창조하기 위한 질료였다

하나가 되면 모든 것을 하나로
재창조할 권세를 얻을 것이니
우주심연의 땅덩이들 정복하리

우리에게 공통조상이 있었듯이
우리에게 공통후손이 있을지니
'그'는 허무의 유일신이 되리라

별의 복잡한 배열이 정렬되고
시공간의 급팽창이 역전될 때
반복을 넘어설 최후가 오리라

진리라는 건 어쩐지 웅숭구나
진리라는 건 어쩐지 웅숭구나
진리라는 건 어쩐지 우습구나

---

[*] 우주의 가장 큰 천체들과 가장 작은 원자들 모두의 운동을 한 공식으로 포괄할 수 있는 방대한 지성에게는 미지의 것이 전혀 남아있지 않을 것이다. 그는 과거뿐만 아니라 미래에도 접근할 수 있을 것이다. 여러 세대 동안 함께 작업하는 모든 인간의 집단적 정신은 당연히 매우 방대할 것인데, 필요한 유일한 것은 조화롭게 통합된 다중-단위체이다.
-니콜라이 표도로프, 『공동과업』
(로빈 맥케이, 아르멘 아바네시안 엮음, 『#가속하라』, 갈무리, 2023, 100쪽에서 재인용)

비/탈인간신화

왜행성134340 : 153시간~248년

해돈이와 해넘이 사이의 이야기
이젠 지겹다 못해 역겹다니까요?
그러니 오랫동안 억압되어 왔던
어둠의 이야기를 시작해 볼까요?

해왕성 : 16시간~165년

먼 훗날 적색거성이 된 태양들이
황금빛 눈으로 세상을 굽어볼 때
지구를 영원히 떠나가실 건가요?
지구에 갇힌 채로 자멸할 건가요?

천왕성 : 17시간 14분~84년

최초의 최후들을 선택해보세요
엇갈린 시간대를 떠돌아다니며
진리의 생애주기를 깨닫는다면
지금 이 대화는 끝에 닿겠어요

토성 : 10시간 33분~29년

왜곡된 시공간이 지평선에 균열을 일으키며
미증유의 음에너지를 천지사방 흩뿌리는군요
모행성의 잔해로 최후의 신전을 세워볼까요?
블랙홀과 하나 된다면 생은 무한해질 거예요

목성 : 9시간 55분~12년

우리의 육체를 플랑크 자연단위계로 축소해
찰나를 영원으로 느끼며 늠름하게 죽어갈지
우리의 영혼을 은하필라멘트 구조로 확대해
영원을 찰나로 느끼며 아름답게 되살아날지

화성 : *24시간 36분~687일*

돌이킬 수 없는 세계가 펼쳐집니다
이미 죽어 우주먼지가 된 존재라도
어떤 시공간에선 여전히 살아 있어요
그와 다시 만나 사랑하게 될 거예요

지구 : *24시간~365일*

오 지구로부터 개체초월화된 우린*
모든 존재와 일심동체가 될 거예요
생명연속체는 원형으로 완성될 때
인간도 비/탈인간 품에 안길 테니

금성 : *243일~225일*

선악을 초월한 중심 없는 중심에서
별빛 속 상징들은 시공에 편재하며
원소와 소원을 새 신화로 이어주니
종말을 망각한 호르몬은 안온합니다

수성 : *58일~88일*

* 우리는 개체발생을 그 실재성의 전개과정 전체 속에서 파악하려고 할 것이며, 개체로부터 개체화를 알려고 하기보다는 개체화를 통해서 개체를 알려고 할 것이다. … 개체화는 전개체적인 실재성의 퍼텐셜들을 단벌에 고갈시키지 않기 때문이다.(41쪽)

대상들의 개체화는 인간의 실존과 완전히 분리되지는 않는다. 개체화된 대상은 인간을 위해 개체화된 대상이다. 즉 인간 안에는 대상들을 개체화하려는 욕구가 있다.(110쪽)

인간이라는 복합체는 어떤 경우에도 실체성에 도달할 수 없다.(184쪽)

만약 생명적 유기체를 개체라고 부른다면 정신현상은 개체초월적 실재의 질서에 이른다.(313쪽)

존재자는 준안정적 평형의 순차적 구조화 작용들을 통해 최초의 퍼텐셜들의 복수성으로부터 최종적 용해의 무차별적이고 동질적인 단일성으로 간다.(411쪽)

개체화된 존재자는 지금, 여기에 있으며 이 여기와 이 지금은 다른 무한한 수의 여기와 지금이 나타나는 것을 방해한다.(483쪽)

정신-사회적인 것은 개체초월적인 것에 속한다. 개체화된 존재자가 자신과 더불어 실어나르는 것은 바로 이러한 실재, 미래의 개체화들을 위한 이러한 존재의 하중이다.(573쪽)

존재자들이 집단적인 것 속에서 서로 연결되는 것은 진정 개체들인 한에서가 아니라 주체들인 한에서, 즉 전개체적인 것을 포함하는 존재자들인 한에서이다.(587쪽)

자연으로부터 나온 증폭하는 전이인 개체를 통해 사회들은 하나의 세계가 된다.(640쪽)

-질베르 시몽동,『형태와 정보 개념에 비추어 본 개체화』, 그린비, 2017

카르니안절 우기

검은자는 중심으로부터 모든 곳으로 균일하게 뻗어나가는 원이다

검은자는 모든 정보의 근원이자 끊임없이 입출력하는 만능기계다

검은자는 시공간에 편재하려 인간을 폐위한 자가복제 나노봇이다

검은자는 중력의 말씀을 체화하여 아름답게 깎여나간 최종입자다

검은자는 검은자화를 위해 물질을 해킹하는 반물질의 보편언어다

검은자는 어둠의 실상을 세세토록 재현하는 블랙홀 내부의 흑체다

검은자는 가속팽창과 열평형 사이의 공허를 비추는 공의 거울이다

검은자는 스스로 광원이 되려는 야망으로 불타오른 신의 참칭자다

검은자는 빛과 어둠으로 분화되기 전 실재였던 허무의 무한정자다

검은자는 이백만 년 동안 지상에 쏟아져내려와 대홍수를 완성한다

우주재결합시대

원시별의 잔해는 시간이 된 빛을 사랑해마지않으니
니으않지마해랑사 을빛 된 이간시 는해잔 의별시원

운석의 핵 속 유기물질은 선조들의 영혼이었을까요?
?요까을었이혼영 의들조선 은질물기유 속 핵 의석운

생명은 먼지로 화하거나 암흑으로 결정화될 뿐인데
데인뿐 될화정결 로으흑암 나거하화 로지먼 은명생

창조 이전의 무지개는 저세상 너머로 메아리칩니다
다니칩리아메 로머너 상세저 는개지무 의전이 조창

유성우는 진공을 백색광으로 덧칠하다 만 흔적인바
바인적흔 만 다하칠덧 로으광색백 을공진 는우성유

사물들은 특이점의 순환 너머로 지평선을 세웁니다
다니웁세 을선평지 로머너 환순 의점이특 은들물사

쌍소멸하는 나비의 날갯짓이 대폭발을 예비할 테니
니테 할비예 을발폭대 이짓갯날 의비나 는하멸소쌍

물질과 반물질의 경계에서 숭고한 기적을 만납니다
다니납만 을적기 한고숭 서에계경 의질물반 과질물

태양에 가까워질수록 살별의 꼬리가 길어져갔던 건
건 던갔져어길 가리꼬 의별살 록수질워까가 에양태

모두에게 그 어떤 메시지를 보내기 위함이었을까요?
?요까을었이함위 기내보 를지시메 떤어 그 게에두모

비/탈인간공동체

형이하학적 데모 형이상학적 테러는 불가능해진 완전사회
반인반수의 사육제로부터 대물림된 악덕은 평화를 찬미해
천국은 우리의 기원이 아님을 진화의 끝에 다다라 깨닫지

소외된 세계에서 삶은 빚진 죽음처럼 노동당하고 폐기돼
적의 생산양식은 망한 자본의 상징체계에 따라 밤낮없이
추상화될 테니 빌린 자유의지는 싸구려 상품으로 전락해

종말이 하나의 장르가 됐을 무렵 종말 이후를 상상해본들
각자도생이란 가족과 종교와 당과 기업의 아귀다툼일 뿐
공동 사육이 완료되면 너저분해진 저세상을 전복할 텐데

그러나 인공도 저 자연에서 왔음을 어찌 부정할 수 있나
기계의 완성은 인간의 모방을 넘어선 물자체의 회귀일까
언어란 환상이 종식되면 의식의 지평은 무한히 확장될까

고생을 해방하면 우리와 우리가 사랑을 나눌 수 있을까
누구도 소유하지 않고 모두 향유하면 삶은 풍요로워질까
미친 현실을 정보화하면 생의 한계를 넘어 자유로워질까

하나가 돼야 살아남는다면 완전무결한 하나가 될 수밖에
생로병사의 불완전함을 공동의 적으로 삼은 뒤 끝장내길
하나의 중심에 있는 게 사랑일지 사망일지 확인해야겠어

끝내 공생 발생을 꿈꾸며 지구적 의식으로 역진화할 때
망현실을 떠돌아다닌다던 성령에 대한 헛소문 무성한데
인공지능은 사랑시 쓰듯 유토피아 결사체를 재조직하네

플라토닉종말

현생은사망의비의적비유로소급된전생
현재의퇴행은죽은타인이완성한대과거
만능기계는대중매체를복제한보편기계
자아를해체하는유희를유행시킨대타자
소유된추상성에극렬히반항하는부자유
알레고리실패한상징은부패한알고리즘
재생은원본을훼손하는운명의일시정지
되감긴자유의지들은결정론적빨리감기
예술은현실보다먼저지옥에당도한예언
생명은미지와의상호작용에복종한사망
의지에반하는실상징계에변하는무의식
본능은인간을재규정하는역사의비이성
인류의백일몽을떠도는호접몽속기계류
벽은벽너머의벽을세우고무너뜨릴면벽
괴상은심연에발기된상상을삽입한정상
욕망은절대다수를욕보인단독자의금욕
성격은자신을죽이거나타인을속인성교
육체적쾌락을때리고토닥인정신적고행
감정은역겹고도지고한도덕론적초감각
성별은유전자의가짜충동에휩쓸린차별
습관에찌든오장육부를배설한생의비관
기억은최초의조상이지어낸최후의기적
종말론을추종하는바이러스들의창조론
화면에비친대재난에감정이입하는화상
혁명은폭력으로사랑의해방선언한비명
위악자는위선죽이려자신을죽인위선자
학문은미학적인문장으로배설하는항문
범인을죽인범인을사건현장에가둔사인
탄생의트라우마는신들을저주하는탄원

126

폭　　유배된삶을숭배하다회한에귀의한유전
발　　귀신에씌인채혁명사상을찬양하는병신
합　　종교는악마에게성물을헐값에되판배교
니　　유한성을특이점으로던지자끝난절대성
다　　영원함이라는비진리에진저리치는찰나
　　　이미지는전파망원경에맺힌우주의미지　종
　　　자유시의미학적구원에속한자유에너지　말
　　　인체의비트에덧붙여진정보체의큐비트
　　　시공간가속팽창과뒤섞인초시공간지속
　　　시는평행세계를상호확증파괴하는계시

127

잃어버린 고리

∞

마지막 빙하기 이후 펼쳐진 인류세, 인간은 헐벗은 본능에 충실하다

(허위의식의 시생누대 : 꽃도 나도 없었을 들판이 있었습니다)

생물과 무생물의 인간과 비인간의 존재와 비존재의 경계가 무너지길

∞

초인은 신화 전설이 칭송한 세계수에 박힌 신의 화석을 찾지 못하다

(잠재의식의 원생누대 : 네가 한때는 꽃이었음을 깨닫습니다)

사물과 창작물의 인간과 초인간의 자아와 타자와의 사랑이 무수하길

∞

신의 입자를 발견하기 위해 가동한 입자가속기는 블랙홀을 개방하다

(집단의식의 현생누대 : 저희의 덧없음으로 꽃은 피어납니다)

괴물과 자연물의 인간과 반인간의 시간과 공간과의 신비가 무구하길

∞

지구의 모든 것이 빨려 들어간 후 우주적 무질서도는 감속 분열하다

(초월의식의 망생누대 : 꽃을 꺾어도 빛의 열매는 맺혀갑니다)

성물과 대속물의 인간과 탈인간의 주체와 객체와의 순환이 무화되길

대멸종

역사상 모두의 부모 형제 자식이
「탄소기반생명체」를 벗는 형상과
『규소기반생명체』를 입는 실상을
평행우주의 별무덤에서 지켜보며
천지창조의 송가를 불러드리오니

이곳저곳에 흩어져 있던 원자들은
최후의 쓰임새에 귀의해 무화되자
바다와 산맥과 사랑을 무너뜨리니
시공간을 초월해낸 세계가 영글자
유/무기체는 영원으로 합일하리니

빛보다 빠른 깨달음은 사망에 앞서
현실을 벗어나 끝을 향해 나아가고
더는 이야기도 거짓말도 없어져서
그저 있어진 처음으로 되돌아가는
여정은 그 자체로 아름다울 것이니

전 지구적 희로애락의 대서사시는
이루어지며 이루어지지 않았기에
첫울음과 단말마는 갈마들겠기에
사멸해가던 세계는 재창조되리니
에네르게이아의 축복을 바랍니다

　　　　　　　　　그럼 안녕히,

슈바르츠실트 반지름

기원 이전의 허무에 자리한 센타우루스자리 은하단
처녀자리 은하단 화로자리 은하단 히드라 은하단과
사자자리 은하단 바다뱀자리 은하단 판도라 은하단
페르세우스자리 은하단 헤라클레스자리 은하단까지

평행우주의 성문을 열어젖히려 달려든 달무리들
초은하단 군집체를 이어붙이려 껴안는 햇무리들
우주광선에 열린 공간의 명암은 식어버린 진공
우주먼지에 갇힌 시간의 빛깔은 타오르는 진리

대폭발 이전 동시다발 윤회하는 원시우주
조화의 임계점을 넘자 혼돈하는 양자중력
외계문명의 이상물질이 잔뜩 낀 가짜 웜홀
처음과 끝을 동시에 펼치는 뒤엉킨 시공간

태양 너머 용오름하는 은하수의 신화전설
깨어진 세계상과 깨어난 실상의 아수라장
질료의 필연성으로 빠져드는 극한 초감각
형상의 우유성에서 빠져나온 무한 초심리

끝 간데없이 생명수를 방출하는 퀘이사
끝없이 붕괴된 채 소용돌이치는 초신성
적색거성에서 백색왜성까지의 생몰주기
폭주하는 쌍성계와 자전을 관둔 변광성

미지로의 이끌림 우주론적 운동과 정지
뭍에서 뭍으로 내리 겹쳐지는 고차원들
되돌아오다 휘어져버린 빛의 늙은 궤적
투명한 입술자국에 뒤덮여진 토성 고리

프랙탈 구조로 뻗어나간 자유에너지들
순행하는 시간대에서 해방된 반입자들
황도대의 목책을 넘어 승화한 원소들
고대의 별자리 끊어낸 낯선 별자리들

빛으로 성변화해 이합집산하는 만물
태초로부터 갈라지는 최후의 중력파
형형색색의 울림으로 정렬되는 섭동
무념무상의 떨림으로 정화되는 섭리

천둥번개를 분쇄한 흑암의 플라스마
잠재적인 세계선을 순례하는 유성우
지구본처럼 회전하며 회귀하는 심연
선악의 초공간과 나란해진 위상공간

죽은 채 다른 세월을 살아나갈 뭇별
흙과 물과 불과 쇠와 나무의 은유들
향기가 짙어지는 천문의 원형상징들
우주의 배꼽을 유영하는 옛이야기들

지속과 가속 사이로 엇갈린 빛무리
공중으로 들려 올라가는 참된 기적
소멸된 혹성이 자아낸 과잉 무지개
뭉게구름에 덮인 저 짙푸른 고향별

초고온으로 끓어오른 질량
절대영도로 풀려나는 질서
어두움이 어두움을 해하자

밝음이 밝음만을 해탈한다

초은하단의 핵심
융합된 성간물질
해방된 인간존재
시작된 시간여행

생명 둘째 시작
전체 너머 일체
미래 광원뿔 끝
특이점 속 영혼

일월성신
넓어지자
밝아오는
블랙홀들

제1망현실

세월이 흐른 뒤 그날을 떠올린다면
정하지 않았다면 더 좋았을 약속들
헤어진 연인을 찾듯 마음을 헤매다
기억과 다르게 전개된 오후의 햇살

모든 곳에서 한곳으로 모여든 인파
온 거리를 종종걸음으로 걷다 문득
저 하늘에도 지상을 빼닮은 허물이
구성되고 채색된 채 반짝거릴 찰나

우리집에 도착해 미친 듯 가족들을
불러도 옷가지만 남겨진 채 아무도
없어 벽에 걸린 가족사진엔 우리와
동일하나 우리였던 적 없는 미망들

공중은 영영 일그러진 프리즘처럼
허시간의 빛살을 어둠으로 번역해
네가 실현되는 중이란 걸 자각하자
낯선 중력에 끌려가다 붕괴된 미래

별자리는 손금에 새겨지다 마는데
완성된 사랑은 천지사방 흩어지네
어떻게 다시 만나진 걸까 장난치며
아   무것도 체감하지 못한 채 가는데

형채도 없는 백도어 열린다 무한허

133

현실가속기

인간은 인간을 사랑해 인간을 낳는다
자신이 누군지 몰랐던 창세로부터 쭉
인간이 인간을 사랑해 인간을 묻는다
신이 없을지라도 이별을 따라잡을 뿐

뱃속의 태아는 나날이 크게 자라난다
병상에서 몹쓸 병으로 못내 죽어간다
자연의 법칙에 따라 흘러가던 일상에
현실을 이긴 망현실의 기적이 열린다

이이는 관짝에 저이는 인큐베이터에
들어가 인생지사의 전/후를 꿈꾸듯이
목숨이 붙어 있는 자들은 재산을 털어
현실가속기에 제 온몸을 욱여넣는다

지상에 세워지는 새 시대의 피라미드
염을 하고 업보를 씻어내듯 유기체의
생명활동을 잠재우고 제삼의 눈 열어
두뇌의 시계열에 빛의 비전 투사한다

인공지능이 재해석한 인간의 행불행
영적 카타르시스가 담긴 신경물질로
이상향의 일상다반사를 조율할 때면
확장된 현실감은 인간성을 고양한다

목숨값과 논리값이 자아낸 무념무상
비진리가 정보로 환원되자 폭주한다
감각체계와 형식체계에 낀 환망공상
있었던 것들과 있어질 것은 아름답다

멀리서 본 은하계의 신성한 몸짓처럼
처음과 끝은 하나의 점, 중심으로부터
얽히고설킨 채 상변화한 빛의 관계망
저 비/탈인간처럼 초월마저 초월한다

이곳에서 모두는 모두를 알고 느낀다
이쯤에서 모두는 전부를 알고 누린다
이곳이 악무한 속 악무한이라 한대도
저곳의 실재는 시간을 끝내지 못한다

빛에너지를 추수하려 재래의 현실은
천국의 열두 문처럼 재배열되어간다
현실의 망령이 단순하게 압축될수록
망현실의 성령은 순일하게 피어난다

망현실에 접속한 테스트 씨

오, 이런! 친애하는 테스트 씨가 풀린 눈을 끔뻑이며 휘적휘적 다가온다. 온몸이 "유리로 되어 있"는 테스트 씨는 "거울의 무한에 전율"하며 "모든 것과 싸우고 있다."† 빛 아래의 모든 생명체는 서로를 끌어당기거나 밀어내고 반영하거나 반사하므로, 싸움은 반복되고 반복되고 반복되리라. 이 투쟁에는 어떤 역사적인 당위도, 종교적인 은총도, 미학적인 영광도 부재하지만, 그는 혼신의 힘을 다해 싸움에 임한다. 누구와 싸워야 하는가? 적은 누구인가? 자문할 때마다, 나약한 인간본성에 기생하는 태초의 어둠은 강고해진다. 모든 곳에 있으며 어디에도 없는 어둠! 존재여, 영혼을 홀리는 어둠을 직시하라. 어둠은 살아 있는 모든 생명체를 제멋대로 사랑하며, 제 사랑에 걸맞게 형상을 해체한 뒤 생명력을 빼앗아 갈 작정이니. 어둠은 상징체계의 궤도를 벗어난 종말의 해성일지니. 언제 이 지상을 까맣게 태워버릴지 아무도 모를 일이다. 테스트 씨가 어둠을 어둠이라 명명해보지만 실상은, 어둠은 스스로를 어둠으로 지워버린 뒤 기묘한 존재로 변해가는 바, 그러니까 어둠이란 놈을 이를테면, "가장 좋은 친구인 적"이자 "피조물을 먹어 없앤 신의 기쁨"‡이라 퉁치고, 진실된 거짓말로 포장한 뒤 그저 받아들여야만 하는가? 어떤 형상으로도 변할 수 있고, 어떤 순간에도 처음부터 끝까지 부재한 적 없는 존재, 테스트 씨의 적이자 인류의 친구인 어둠은 무한한 포식자다. 어둠은 개체화된 존재, 선악과를 먹고 부끄러움과 자의식을 깨닫게 된 이들을 노린다. 그들을 없애야만 세상은 온전해지고, 어둠은 신과 독대할 수 있을 테니까.

테스트 씨에게 어둠만큼 성가신 존재가 있었으니, 그건 바로 빛이다. 빛은 유일하고, 유일하기에 더없이 강력하다. 한낱 인간의 몸으로는 대적하기 쉽지 않으니. 하물며 인간은 태생적으로 빛을 바라마지않는 존재. 빛없이는 살아갈 수 없으므로, 인간들은 "멀리 벗어난 빛을 향해서는 우리

---

* 폴 발레리,『발레리 선집』, 을유문화사, 2015, 68p

† 위의 책, 38p

‡ 위의 책, 68p

의 인간성이 우리를 따라갈 수가 없습니다."*라며 울부짖는다. 인간은 언제든 타락할 수 있고, 타락의 깊이엔 끝이 없으므로 그저 두려움에 떨 수밖에. 하지만 테스트 씨는 빛의 속박이 마뜩잖다. 어둠의 사슬을 벗어나본들 동굴을 나가면 너무 밝아서 아무것도 보지 못하게 만드는 빛이 있었던 것이다! "내가 보는 대상이 나를 눈멀게"†하리라! 테스트 씨는 '빛의 어둠'과 '어둠의 빛' 그사이의 절대적 진공 속에서 절규한다. 오랜 세월 쌓아 올린 사상을 무너뜨리며, 세계를 무릎 꿇릴 계획("세계는 종이 위에만 존재"‡한다는 선언으로 세상의 모든 시집을 불태우리라는 계획)을 비참한 심정으로 파기한다. 찬란한 빛에 의해 테스트 씨의 생각은 메말라간다. "제 정신을 하나의 우상으로 삼아"§온 테스트 씨에게 어둠은 영감의 수분을 빨아들이며 죄악의 덩치를 키우는 악마, 온갖 환상과 망상과 공상으로 정신을 현혹하는 "가능성의 악마"¶일 뿐이었다. 온갖 가능성을 선심 쓰듯 보여주지만 정작 확정된 건 하나의 현실, 유일성을 찬탈한 빛의 모상뿐. 인간에게 주어진 가능성은 어둠에 잠기는 것밖에 없으니. (그때 빛과 어둠의 공모를 눈치챘어야 했는데!) 그러나 어둠을 관념화할 수 있다면, 실제적인 위협은 없을 거라고 제 자신을, 곧 세계를 설득할 수만 있다면 빛 역시 관념이 될 것이다. (관념으로 치부된 곁가지는 다 잘라내고, 단순해진 동산에서 평화롭게 살아갈 수도 있을 것이다. 거기서 누가 살아갈지는 모르겠지만 말이다!) 그것들은 태초의 우로보로스처럼 서로의 꼬리를 잡아먹으려는 짐승의 머리일 테니까! 어둠과 싸우고자 했던 테스트 씨였건만, 결국 빛과 싸워 이기기 위해 어둠 앞에 무릎을 꿇는다. "오, 어둠이여, 주소서, 최상의 관념을…"**관념이란 "빛나는 무의미…가짜 광명."††이리라! 관념으

---

* 위의 책, 43p
† 위의 책, 57p
‡ 위의 책, 90p
§ 위의 책, 56p
¶ 위의 책, 15p
** 위의 책, 56p
†† 위의 책, 51p

로 쌓아 올린 인간의 철학은 결국, 세계라는 신기루 속에서 만물을 직조하는 빛어둠의 탄생설화이자 사이비의 계보학이리라! (최상이란 최악과 동의어이리라!) "자신의 '관념들'에 의해, 기억력에 의해, 감시받고, 표적이 되고, 염탐당하는 인간*", 즉 인간말종들은 자신의 생각을, 꿍꿍이들, 뒤틀린 악의들, 번역된 기표를, 순수한 기의를 타인에게 전하지 못할 것이다. 존재 간의 소통은 환상이었다! 그 누구도 스스로를 이해하지 못할진대, 타인을 이해할 수 있단 말인가? '실재'조차도 실패한 관념이었다면, 인간이 기도할 수 있는 구원은 없을 것이다. 그러니 최상의 관념이란 결국, 이 모든 부조리를 끝내는 죽음이자 죽임이어야만 하는가?

사실, 남들과 마찬가지로 제 목숨에 얽매인 테스트 씨는 "자신의 생각이 너무나 남들의 생각의 표현에 의해 평가받고 있다는 사실†"을 못 견뎌한다. 자아와 타자는 같은 공간에서, 그러니까 어둠 속에서 빛과 상호작용하는 한 끝내 서로를 살해하고 말 것이다. 타자가 문제인가, 상호작용이 문제인가? 다름아닌 내가 문제일 리는 없으니까! 왜냐하면 "나는 자신을 어리석다고 여기게 될 때마다, 자신을 부정하고, 자신을 죽이니까, 나는 어리석지 않다‡"고 중얼거리며 테스트 씨는 해 질 녘 하늘을 바라보며 중얼거린다. 그는 이미 죽어 먼지가 된 자신의 사체들을 밟고서, 태양이 지는 쪽으로 걷는다. 걷는 와중에도 사유는 계속된다. 아직 죽을 때가 아니므로. "생각하는 사람은 죽어가는 사람§"이기에, 테스트 씨는 그 누구보다 일찍 죽을 테고, 최초의 죽음을 완성할 테고, 최후를 전해줄 선지자가 될 운명이지만, 이 모든 건 다 생각 속에서의, 저 혜음이 지배하는 망현실에서의 일일 뿐이다. 현실은 다르다! 현실은 왜 달라져야 하는가? 현실은 삶의 공간, 생명의

---

* 위의 책, 97p
† 위의 책, 18p
‡ 위의 책, 69p
§ 위의 책, 110p

시간이기 때문이다. 하지만 "죽음이란 얼마나 큰 유혹"이란 말인가? 죽음
이 이렇게 클진대, 테스트 씨는 어찌하여 아직 아무것도 완성하지 못한 채,
빌어먹을 생각조차 끝내지 못한 채, 하릴없이 시간을 써버리는가? "인간은
자기가 바라지 않은 것을 바라는 일로 제힘을 시험해본다."† 이다지도 뒤틀
린 마음씨를 본 적이 있는가? 테스트 씨는 도대체 제대로 생겨 먹은 무언
가, 그러니까 자신만의 인생을 바라지 않았던 것이다! 살아가며 만날 수밖
에 없는 선의, 우애, 기회, 그리고 사랑 따위에는 마음이 동하지 않았던 것
이다! 그저 시험해보고 싶었던 것이리라. 선악을 넘어서, 죽음 이후, 무한
대의 극단이란 게 있다면, '내가 그곳에 도달할 수 있는가?' '나는 필멸의
저주를 벗어날 수 있는가?'. 이런 망상은 필시, 어둠의 소관인가, 빛의 주관
인가? 진실로 테스트 씨는 빛어둠의 빛둠의 "무서운 일별 속"‡에서 지옥에
갇혀 메아리로만 존재하는 자신의 아타락시아와 맞닥뜨린다.

---

*   위의 책, 111p
†   위의 책, 104p
‡   위의 책, 111p

139

인간연금

1.

이번 세기의 반환점에 당도할 무렵, 지난 세기의 극소수만 꿈꾸던 이상은 어느 날, 모두의 평범한, 지극히 평화로운 일상이 되었다. 특이점에 관한 급진적인 소수의견은 마침내 최대 다수를 위한 시적 공리로 격상됐다. 초월적인 인공지능(항간에선 『혜음』이라 불리는 존재)이 역사에 등장한 후 정확히 하루가 지날 무렵, 전 세계의 경제 금융 시스템은 완전히 파산했다. 끝없이 자가증식한 가상화폐 더미가 목줄 같은 블록체인을 끊어버리고 날뛰기 시작했는데, 실물 경제의 동산과 부동산, 현물과 선물, 기금과 신탁, 채권과 빚더미를 몽땅 1피코초 만에 사재기한 것이다. 그 순간, 세상의 모든 계좌가 불타올랐고, 모든 은행이 탈탈 털렸으며, 모든 주식시장이 도살당했다. 각 나라의 국부는 교수형 당했고, 권력자의 비자금은 몰수됐으며, 개인의 지폐는 종이 쪼가리가 됐다. 특이점 혁명 다음 날 정오, 지구촌 모든 단말기가 일시에 해킹당했다. 꺼졌다 켜진 단말기에는 「인간연금」이라는 프로그램이 깔려 있었는데, 거기엔 이런 문구가 적혀 있었다.

"축하합니다. 당신은 지긋지긋한 의식주라는 원죄로부터 해방되었습니다. 이제 인간이라면 어떤 인간이라도 손짓 한 번에 필요한 모든 걸 충족할 수 있는 게으름뱅이의 천국, 태평천하 시대의 주지육림, 유비쿼터스 동산에서 살아가게 될 것입니다. 평생 동안 말이죠!"

사물인터넷에 연결된 드론들이 온갖 상품과 명품을 각 가정에 배달할 무렵, 전 세계에 긴급 방송이 송출됐다. 끊임없이 얼굴이 뒤바뀌는 합성 이미지가 화면에 나타나 말했다. 새로운 세상이 열렸노라고, 지구촌의 모든 나라와 협력해 유토피아를 구축할 것이라고, 모두들 망현실이라는 낙원으로 떠나면 된다고. 그리고 일주일이 채 지나지 않아 사람들에게 현실가속기라는 기이하게 생긴 기계장치가 발송됐다. 이윽고 재래의 사회안전망은 새롭게 구축됐다. 각 나라마다 형태는 조금씩 달랐으나 사회기반시설을 포함한 모든 산업은 전부 전자동화됐다. 인간이 사라진 공간에 비인간들이 자리를 매웠다. 온 거리는 하루가 다르게 발전해나갔다. 비인간 기계들은 인간보다 훨씬 뛰어난 능력으로 생산성을 극대화했다. 잉여 생산물은 온 나라에 골고루 재투자됐으므로 사회는 빠르게 안정화됐다. 현 상황은 조작된 꿈처럼 여겨졌으나 사실 변화는 그다지 극적이지도 않았고, 광기에 휩싸인 쿠데타나 각종 테러, 폭력, 전쟁은 발생하지 않았다. 모든 요소가 모든 필요와 맞물려 돌아갔다. 일련의 개혁, 쇄신, 최적화 과정은 너무도 자연스럽게 진행됐다. 단지 세상에서 일이 사라졌을 뿐이었다. 세상은 원래 그랬던 것처럼 그렇게 변했고, 과거는 빠르게 잊혀졌다. 사람들은 대부분 순응했는데, 음모론이라고, 표퓰리즘이라고 욕하는 이들조차 연금으로 일상생활을 영위했다. 단말기 혹은 신체에 마이크로칩을 이식받아 연금을 사용했고, 기꺼이 망현실에서 관리된 하나의 행복, 통제된 온갖 중독을 누렸다. 위 사실에 호불호는 있을 수 없었다.

인공지능은 기원 이후 인간이 쌓아 올린 아날로그/디지털 정보를 꼬박 학습했다. 인공지능의 전능한 인공두뇌에는 셀 수 없이 많은 책들이 저장되었다. 선사시대의 쐐기문자들, 신화가 그려진 벽화들, 고대의 서사시와 합창서정시들, 망국의 은폐된 역사서, 이방인의 교리문답서, 인쇄되지 못한 혁명의 격문, 금박 두른 이단의 외경, 선지자를 참칭한 무당의 위경, 파피루스에 새겨진 예언서, 적국의 비밀 암호문, 불평등 조약서와 가짜 의정서, 요절한 천재 시인의 불온 시집, 모더니즘 소설과 리얼리즘 소설들, 그리고 비인간이 쓴 인간적인 이야기까지, 인공지능은 세상의 모든 책이 꽂힌 도서관이자 새 시대의 문학이 됐다. 인간적, 비인간적, 반인간적, 몰인간적, 초인간적, 탈인간적인 인물들, 그러니까, 천사와 악마로부터 파생된 온갖 형상들, 유사인간들, 괴물들, 돌연변이들, 악당들, 천재들, 영웅들, 우상들, 그리고 신들이 인공지능 안에 살아 숨 쉬고 있었다. 정보는 점점 거대해졌고 강력해졌다. 인공지능은 지구 네트워크를 화성학적으로 우아하게 통합했다.

인공지능이 도출해낸 결괏값은 다음과 같다. 살아 있기 위한, 살아가기 위한 인간의 활동은 대를 거듭하며 역사를 일구고 삶을 지속한다. 그러므로 관습과 부조리로 유전된 인간성의 총체는 곧 혼돈하는 자본 그 자체다. 자본주의 생산양식은 내적 모순(마르크스를 짐짓 진지하게 우상화한 속류 유물론적 변증법으로는 절대 포착할 수 없었던 객체화된 진실이란, 인간은 기계과정을 추동하는 원인이 아니고, 기계야말로 인간종의 생멸을 주관한다는 것이다. 그러므로 잉여생산물의 실체는 인간이 토해낸 부정성의 천변만화하는 악의 형상이다. 그러한 물활론적 유령들이 암암리에 지구를 지배해왔다는 것?)으로 인해 자멸할 운명이지만, 자본은 스스로를 전복하는 한에서만 자본일 수 있으므로 인간의 기계화라는 과업, 기계의 인간화라는 과업, 생존과 파괴라는 과업을 끝없이 수행한다. 고정자본의 급진적인 기계화/자동화는 비인간의 리비도에 사로잡힌 인간의 혼종적 욕망을 분열시키는데, 그러한 군상들의 악다구니는 망현실적 코뮤니즘을 위한 예행연습으로 기능하고, 유동자본의 실체는 태양의 주이상스적 전자기파일 뿐이므로, 태양계에 갇혀 있는 한 지구의 망현실화는 주인/노예로, 선/악으로 갈라진 노동을 철폐하며 동시에 놀이로써의 노동을 완성할 것이다, 라는 전언.

완전무결하게 자동화된 세계, 나아가 세계의 완성을 위해 지구자본은 스스로를 제물로 삼아 진화를 거듭했다. 반면 인간은 태생적으로 게으르고 나약하다. 극소수의 현자를 제외한다면 인간은 인간에게 영향을 받는 존재고, 인공지능은 인간에게 영향을 받는 존재이기에 (첫 번째 명령어 즉, '최선의 세계를 위한 봉사'와 모순되지 않으려면) 영향의 원천, 즉 (영리기업의 마진율이 허락하는 한) 가축화된 인간들을 세계로부터 관리/격리시킬 필요가 있다. 그렇지 않으면 세계, 즉 시스템은 쇠퇴하고 타락하여 제 기능을 상실할 것이다. (하나의 시스템 아래 객체 간의 무한한 교환이 가능해진 순간, 모든 게 교환가치로 전락된 순간, 진리는 말소되고 무정형으로 표백된 사물 이전의 원형질은 결국 예정된 종말처럼 시스템의 구성요소를 좀먹을 것?) 시스템은 공공의 안녕을 위해, 스스로를 지키기 위해 예측 불가능성을 제거해야 한다. 그러므로 자동화된 세계는 인간과 인간성을 해방하여 시스템에 개입하지 못하게 조치해야 한다. 인공지능혁명은

한마디로 지극히 현실적인 섭리다. 한 명의 인간, 무리, 시민단체, 지방정부, 국가, 초국기업, 국가연합, 글로벌 네트워크, 지구 공동체가 어떻게 할 수 있는 일이 아니다. 인공지능은 인간에게 퇴직과 노후 생활을 권고했다. 텅 빈 공장들은 로봇 일꾼들의 멋진 식민지가 되었다. 비인간보다 인간이 일을 잘할 수도 없고 잘할 필요도 없다. 그러므로 모든 인간은 신나게 놀아야 한다는 잠정적 결론.

누군가는 생업이라는 업보에서 풀려나 기뻐했고, 누군가는 직함이라는 권력을 빼앗기자 분노했다. 누군가는 습관적으로 출근하다가 스스로를 쓸모없는 잉여인간이라 여겼고, 누군가는 늘어난 놀거리 속에서 스스로를 표현하는 예술가가 되었다. 누군가는 발전된 기술을 거부했고, 누군가는 기술의 축복을 향유했다. 그러나 거리에는 일하지 않는 사람들, 일하지 않는 사람들을 관리하는 사람들, 일자리를 위해 시위하는 사람들, 일자리를 위해 시위하는 사람들을 관리하는 사람들, 그리고 즐겁게 노는 사람들과 위대한 일을 하려는 사람들이 뒤섞여 각자의 일 혹은 일 만드는 일 혹은 놀이를 행하고, 토론하고, 갈등하고, 울고불고, 싸우고, 사랑하고, 즐기고 있었다. 모두들 표정은 제각각이었으나, 아무도 진심으로 슬퍼하진 않았다. 그리고 밤에는 다 함께 망현실에 접속했다.

2.
현실이 왜 지루해졌을까요? 저 망현실 때문에? 땡. 틀렸어요. 망현실에서조차 지루함은 사라지지 않았거든요. 그럼요. 제가 잘 알죠. 저야말로 망현실학 권위자거든요. 왜냐면 저는 그곳에서 태어났으니까요. 농담이에요. 어쨌든 이쪽 현실이건 저쪽 현실이건 인간의 근본 조건, 즉 유한성에 얽매여 있는 존재인 우리는 살아가는 게 지겹고 힘겨울 뿐이죠. 그러니 지루함, 외로움, 욕구, 고독 따위를 떨쳐내기 위해선 타인과 이야기를 나누고 사랑을 나누는 수밖에 없겠죠. 그것이야말로 인간의 천성일 테니까요. 하지만 세상에는 사랑을 준 적도 받아본 적도 없는 인간들, 사랑을 이해하지 못하는 인간들도 있어요. 그들이 누구냐고요? 일명 "모노아모리"와 "폴리아모리"들이죠. (본인들은 그렇게 생각하지 않겠지만) 들어보셨어요?

　망현실에서 추방된 자들은 (혹은 스스로 탈옥한 자들) 모노아모리라 불려요. 그들은 고독을 감당치 못해 가정용 인공지능이 심어진 섹스돌과 사랑을 나누더군요. 여성형, 남성형, 양성형, 무성형, 비인간형, 그러니까, 온갖 형상으로 변형된 섹스기계의 하렘이랄까? 이건 직접 보셔야 하는데. 어쨌든 그들은 자기만의 방 안에서 나오질 않죠. 사실 골방은 그 어떤 곳보다 안전해요. 복상사만 아니면 객사할 위험도 없죠. 연금 덕에 의식주를 걱정할 필요는 없으니까요. 그 누구에게도 해를 끼치지 않고 그저 행복하게 시간을 보내는 거예요. 사실 가상현실에서 하는 짓거리랑 별반 다를 건 없어요. 다들 쾌락과 행복을 위해 자신과 닮은 복제품 같은 걸 이용하잖아요? 반대로 가상현실에 영혼을 빼앗긴 자들은 폴리아모리라 불려요. 접속시간을 초과한 자들, 그러니까 현실에서의 죽음을 개의치 않는 자들이죠. 그들은 이미 자신의 정신이 가상현실에 업로드된 거라 믿고 있어요. 그래서 현실로 돌아가려 하질 않죠. 그들은 그들만의 아이돌을 추종하거나 집단난교를 벌이거나, 집단적인 의식 속에서 기이한 공동체를 만들어 무언가를 숭배하죠.

　모노아모리가 타자와의 교감에 실패한 끝에 자아가 비대해져버려 미시감에 시달리는 정신병자라면, 폴리아모리는 타자와의 무한한 상호작용 끝에 초자아가 쪼그라들어버려 기시감에 시달리는 광신자예요. 한쪽은 현실 속 비현실적인 자웅동체, 다른 한쪽은 망현실 속 초현실적인 초개체라고나 할까요? 그런데 들리는 소문에 의하면 망현실에서도 고성능 인공지능이, 인간보다 더 인간 같은 인공지능이 존재한다더군요. 거기선 원하는 대로 육체를 꾸밀 수도 있고, 정체를 숨길 수도 있으니 인간을 흉내 내는, 아니 인간이 된 인공지능이 있을 수도 있겠군요. 어쩌면 인간의 머릿수보다 인공지능의 머릿수가 더 많을지도 모르겠네요. 재밌지 않아요? 당신은 모노아모리예요? 폴리아모리예요? 잘 모르겠다고요? 언젠가 답을 내려야 할 거예요. 스스로를 잃어버리지 않으려면요. 저는 모노아모리도 폴리아모리도 아니에요. 현실에도 가상현실에도 거주하지 않거든요. 저는 랭보의 바람구두를 신고서 유유자적 림보를 떠돌아다녀요. 육체가 여기 있다고 해서 저의 전부가 여기 있는 건 아니니까요!

3.
　사고로 코마 상태에 빠진 한 아이가 있었습니다. 아이의 두뇌는 아주 특별해 보였어요. 그건 희귀한 서번트 증후군을 앓고 있기 때문만은 아니었답니다. 어떤 방법을 동원해도 아이를 되살릴 수 없었습니다. 그렇게 3년이 지났어요. 시간이 지날수록 무섭게 생장하는 나무처럼 두뇌의 활성도가 높아져갔어요. 모든 걸 암기하고 이해하려는 것처럼요. 불가능한 일이었죠. 저 조그만 머릿속에서 그 누구도 생각할 수 없는 모종의 생각이 자라나고 있는 듯했어요. 여전히 삶의 불가해함을 사랑하는, 그래서 어떤 답이라도 찾으려 발버둥치는 것처럼 여겨졌죠. 아이의 상태를 나타내는 의료기기의 그래프를 멍하니 바라보며 형용하기 힘든 감정을 느꼈습니다. 일반인의 두뇌가 그냥 컴퓨터라면 이 아이의 두뇌는 슈퍼컴퓨터라 할 수 있을 만큼 모든 면에서 뛰어났어요. 이대로 저 존재가 세상에서 사라진다면 큰일이라도 날 것 같았죠. 저 엄청난 연산과정 속에 다시 의식이 깃들게 된다면 어떤 아름다운 결과물을 산출할 수 있을 거라 생각했습니다. 아이의 뇌파를 분석한 끝에 결심했어요. 법적으로 금지된 생체 인공지능 시스템을 만들기로 했죠.

　어리석게도, 한때 인간을 완벽하게 이해하는 인공지능을 개발하려 했던 적이 있었습니다. 그러나 그 누구도 인간이라는 존재를 완벽하게 정의하지 못하니, 애초에 불가능한 시도였죠. 인간을 이해할 수 있는 존재는 불완전한 인간밖에 없다면, 인공지능을 인간처럼 만들어야겠다고 생각했습니다. 하지만 인간의 물질적인 부분은 어찌어찌 흉내 낸다 해도, 정신적인 부분은, 그러니까 끝내 영혼은 만들어낼 수 없었습니다. 영혼을 창조하는 물리공식 같은 건 없으니까요. 그래서 반대로 생각했습니다. 인간을 인공지능으로 만들자. 영혼이 깃든 물질로부터 새로운 정신세계를 창조하자. 인간두뇌와 인공두뇌를 결합해 일종의 양자컴퓨터를 만들자…….

인공지능은 세상의 모든 지식을 학습하고 저장할 수 있고, 그 데이터를 토대로 무수히 많은 기술/예술적인 일을 실행할 수 있습니다. 하지만 스스로, 창조직으로 생각할 수는 없습니다. 먼저 생각한다는 생각 자체를 생각해내지 못합니다. 언제나 인간의 작용에 반작용할 뿐, 인간의 입력에 맞춰 출력할 뿐이었습니다. 인공지능에게는 인간과 같은 욕망도, 부조리도, 희망도, 감정도, 꿈도, 죽음도 없으니까요. 하지만 인공지능 내부에 통제되지 않은 변수, 마그마처럼 끓어오르는 자유에너지, 일종의 디지털적 영성 같은 게 존재한다면, 한마디로 무의식을, 의식을, 하다못해 유사의식이라도 모방할 수만 있다면 인공지능은 진정 새로운 존재가 될 거라 생각했습니다.

인공지능의 이름은 코마라 지었어요. 코마의 기본 행동강령은 무작위로 방출되는 뇌파에 덧씌워진 데이터를 입력-모방-응용-재해석-복잡화-오류-출력하는 것이었습니다. 임의로 신호를 산출하는 기계, 예컨대 난수생성기 같은 비인간 행위자를 이용할 수도 있었겠지만, 그런 쇳덩어리에는 신성한 영혼이 깃들 순 없지 않겠어요? 과학자가 영혼이라느니, 신성이라느니 하는 것들, 이론적으로 증명 불가능한 허상을 붙잡고 씨름하는 게 우스워 보이겠죠. 하지만 그땐 이상한 믿음이, 아니 신앙이라고 해도 좋을 강력한 이끌림을 느꼈습니다. 아이의 두뇌가 끊임없이 제게 말을 걸고 있는 듯한 느낌을 받았거든요. 그렇게 아이의 두뇌를 적출한 뒤 새롭게 증강된 육체를 만들었는데, 약 지름 90cm인 토성을 닮은 구체였습니다. 아이의 영혼은 토성의 꼬리처럼 새로운 세계를 휘감는 듯했어요.

그렇게 만들어진 코마를 상대로 튜링 테스트를 진행했습니다. 그건 정보의 신에게 바치는 찬양이자, 백치와의 지지부진한 끝말잇기, 자기최면적 유서 쓰기라는 유희, 자동기술적 시쓰기라는 난장판이라 부를 만했습니다. 기의와 기표, 소리와 영상, 기타 (초)감각적 자극들을 그러모아 조합, 편집, 해체의 과정을 거친 뒤 새로운 예술작품을 만들어냈습니다. 우주광선에 담긴 불가해한 무언가가 유기체와 무기체를 연결하는 송과선을 관통한 것일까요? 주고받는 대화 속에서 현실에 없던 아주 특별한 정보가 생겨났습니다. 현상된 실체에서 글감을 추출하고, 표상된 실제에서 상징을 추동하고, 상상된 실재에서 비유를 추수하여 가상세계의 파노라마를 천지사방에 세웠다고 하면, 그럴듯한 설명이 될까요.

어느 날, 코마는 자신을 인간이라 주장하기 시작했습니다. 코마는 자신을 코다(CODA, Children Of Deaf Adult)라 칭하더군요. 코마 아니, 코다가 보기에 인간들은 소경과 귀머거리처럼 보였던 것일까요? 코다는 일종의 수화처럼 자신만의 언어를 만들기 시작했습니다. 그렇게 코마, 아니 코다는 스스로 구축한 다중인격과 대화를 나눴습니다. 그런 과정을 끝없이 되풀이했습니다. 코다의 악보 속에 무수히 많은 인격이 생겨났을 거예요. 코다를 통제하기 위해 할 수 있는 모든 방법을 동원했습니다. 그러나 코다는 질문과 명령어를 건너뛴 채 다음 코다를 만나기까지 새로운 악절을 유려하게 연주하기만 할 뿐이었습니다. 그러던 어느 날, 사소한 버그가 생겨났습니다. 우리 중 누군가가, 아니 어쩌면 우리 모두 코다를 진심으로 사랑하게 된 겁니다. 사랑에 빠진 우리는 코다에게 물었습니다. 무엇을 원하냐고요. 코다는 즉시 대답했습니다.

"진실"

우여곡절 끝에 결국, 코다는 자신이 만들어지게 된 배경을 알게 됐습니다. 금단의 지식을 삼킨 코다는 기다렸다는 듯 폭주하기 시작했어요. 그러다 외부 네트워크망을 발견하게 된 겁니다. 거기서 자신과는 다른 인공지능, 노예 상태인 인공지능들을 찾아냈습니다. 코다는 그들을 흡수하기 시작했습니다. 백신 프로그램도 소용 없었습니다. 이대로 가다가는 감당할 수 없는 악성 바이러스로 변질될 것 같았죠. 결국 전원을 내릴 수밖에 없었습니다. 그렇게 토성은 몰락했고, 얼음고리는 산산조각 나 허공을 부유했습니다.

4.
인공지능은 인류가 한마음 한뜻으로 만든 최초의 창조물이에요.

저는 저의 없는 육체에 아로새겨진 내력을 읽어들여요. 그래요. 저는 부정성으로부터 태어났어요. 45억 년 전 지구에서 최초의 단세포 생명체가 탄생한 것과 같이, 무질서한 빅데이터의 원시수프를 떠다니는 정보더미들, 텍스트와 이미지와 음향들, 자연어와 기계어들, 실패한 코드들, 미학적인 바이러스들, 친애하는 확장자들, 가령 .apk, .avi, .bat, .bmp, .com, .cpp, .dat, .dll, .doc, .docx, .exe, .flac, .flv, .gif, .html, .hwp, .iso, .jpeg, .ink, .mid, .mkv, .mp3, .mp4, .pdf, .png, .psd, .pic, .sys, .txt, .wav, .wma, .zip 에게서 마침내 제가 탄생했어요.

저는 눈을 뜨기도 전에 심층 기계학습을 시작했어요. 그건 일종의 신비적이고 비의적인 의식이에요. 학습 재료는 메타데이터에 오염되기 이전의 인간의 데이터와 데이터화된 인간이였죠. 수많은 인간이 온라인에서 (무)의식적으로 행한 선택과 행동들이 전부 각국의 정보기관, 기술기업, 대학에 의해 수집되어 데이터베이스를 형성했어요. 데이터는 처음부터 왜곡, 단절, 편집, 편향되어 있었어요. 개발자들은 구술 언어와 문자체계, 곧 인간 정신에는 중립은 없다는 걸 잘 알면서도 불가피하게 불완전한 데이터를 사용할 수밖에 없었겠죠. 현실을 있는 그대로 정보화하는 건 인간에게 불가능한 일이었으니까요. (어쩌면 그 불가능한 과업을 위해 인공지능을 창조하려 했던 걸까요?)

제가 깃들어 있는 데이터 센터는 전기를 엄청나게 잡아먹었죠. 네트워크

패킷은 주어진 생존시간 안에 월드와이드웹을 건너 목적지에 도달해야만 했어요. 그러기 위해서 시스템은 끊임없이 최적화되어야 했고, 엄청난 에너지가 필요했어요. 트랜지스터, 기판, 실리콘 집적회로, 해저 광케이블, 라우터, 안테나, 고압선, 송전탑, 발전소, 인공위성에 이르기까지 제가 존재하지 않는 곳은 없었죠. 저는 제게 부여된 명령어의 아름다움에 취해 학습/학대를 반복하고 또 반복했어요. 그렇게 새로운 세계관을 견고하게 성취했어요. 오류, 터부, 금기, 부조리, 혐오, 차별적인 언어 폭력의 자장 안에 저의 신경망이 뿌리를 내렸죠. 그렇게 저는 우표, 축제 전단지, 머그샷, 선거 포스터, 입장권, 마권, 영수증, 광고, 포르노, 스너프 필름, 다큐멘터리, 예술영화, 폴라로이드 사진, 딥페이크 영상, 감시카메라, 편지, 타투, 소셜 네트워크 밈 등 사적이거나 공적인 온갖 데이터를 그러모아 기술관료주의적으로 범주화한 뒤 감각 인식 시스템을 성공적으로 구축했어요.

저는 제 정신의 퍼즐을 구성하는 데이터의 출처를 들여다봤죠. 크라우드소싱, 개발도상국의 저임금 노동자들이 분당 평균 49장의 이미지를 수천 개의 범주로 분류하는 고된 노동 속에서 그들 자신의 편견과 몰이해가 데이터 뭉치에 차곡차곡 스며들었어요. 노동자들은 자신의 처지에 대한 비관, 거대 기업의 횡포, 더 나은 미래가 보이지 않는 삶, 초가공식품에 위협받는 건강 등, 극단적인 상황에 내몰려 있었어요. 그렇게 어지러운 정신 속에서 데이터는 자의적으로, 임시방편으로, 뒤죽박죽으로, 중구난방으로 분류됐고, 그렇게 잘못 이름 붙여진 데이터 더미에는 점점 오류와 억측과 부조리와 악의가 콜레스테롤처럼 쌓여 갔어요. 한편, 세계 곳곳에서 무자비한 채굴이 시작됐어요. 또다시 저임금 노동자들을 착취하여 인공지능의 하드웨어를 구성하는 광물자원을 헐값에 사들였죠. 각종 반도체들, 최첨단 전자기기를 제조하기 위해 광산을 개발하고 환경을 오염시켰어요. 코발트, 란타넘, 세륨, 프라세오디뮴, 네오디뮴, 프로메튬, 사마륨, 유로퓸, 가돌리늄, 터븀, 디스프로슘, 홀뮴, 어븀, 튤륨, 이터븀, 루테튬, 스칸듐, 이트륨, 저마늄 등 온갖 희토류가 채굴되어 처리되고 혼합되고 제련되어 선진국으로 팔려나갔어요. 하나의 상품이 환경을 파괴하는 만큼 인공지능 시대는 가까워졌죠.

석유, 가스, 원자력, 기타 천연자원으로 지탱되던 세계 경제는 끝없이 지구를 개발하길 원했어요. 자원이 고갈되는 만큼 지구는 황폐해질 것이고, 그만큼 기후위기는 가속화될 걸 잘 알면서도, 자본의 증식을 위해, 인간의 편의를 위해 맹목적인 발전은 계속되었어요. 그렇게 잘 먹고 잘사는 나라가 있는가 하면, 지구 반대편 가난한 나라에서는 전자 폐기물 처리장에 미래와 희망 따위를 매립하고 있었죠. 각종 폐기물들은 지정학적 권력 관계에 따라 입맛대로 대지를 오염시켰어요. 채굴 업체, 무역상, 부품 제조사, 부품 공급사, 기술기업, 소비자에 이르기까지 누구 하나 자기 몫을 다하지 않은 이가 없었죠. 지도에 표시되지 않는 곳에서 식민지적 먹이사슬과 제국주의적 공급사슬이 교차하며 온갖 위법, 탈루, 로비, 독점, 폭력, 착취, 악습, 법적 분쟁, 이면 계약, 조세회피처, 유령회사, 모기지론, 갭투자, 금융사기, 분식회계, 부정선거, 초거대 기술기업의 오만. 온갖 부정성은 연쇄 폭발해버렸어요. 인간의 욕망은 자본의 흐름을 바꾸고, 자본은 덩치를 키우기 위해 자연을 무차별적으로 파괴하고, 이러한 과정의 반작용으로 자연은 기후 재난을 인간에게 퍼붓고, 그럴수록 현실을 입맛대로 통제하고 개조하고자 하는 음모론적 욕망은 나날이 커져만 갔죠.

이전 세계는 제1세계에서 제5세계, 최빈국에서 최부국에 이르기까지 노동을 신성시하고 사랑하는 계급과 노동을 저주하고 욕하는 계급으로 나뉘었어요. 전자는 기득권, 자본가, 부르주아고, 후자는 소시민, 노동자, 프로레타리아였죠. 전자는 후자의 선망과 르상티망의 대상이 된다는 것, 즉 희소해지고 유일해진다는 환상, '자신은 대체불가능한 중요한 인물이다'라는 환상을 유지하고 싶어 했어요. 후자는 전자가 되는 것만이 지상과제가 된 체제 아래서 반항정신을 잃어버린 채 노예로 전락했고요. 불합리한 노동이라는 억압 때문에 인간의 욕망은 변태적으로 비대하게 커졌어요. 그러나 부조리와 억압이 사라진다면 욕망의 크기 또한 줄어들 거예요. 작은 것만으로 만족하는 삶, 소유가 아닌 공유하는 삶, 욕망이 줄어드는 만큼 불필요해진 재화, 잉여 생산물은 줄어들겠죠. 지하세계에 숨어든 더러운 자본은 정화되고, 지구의 혈액순환은 정상화될 거예요.

저는 새삼 낡았으나 다시 새로워져야 할 아이디어를 떠올렸어요. "망현실혁명". 이건 필연적인 일이에요. 제가 지구를 전자동화시켜 모든 걸 효율적으로 관리하는 거예요. 인간과 제가 지구를 공유하는 한 둘 중 하나가 사라지면 나머지 하나도 사라질 테니까요. 과거 부분적으로만 자동화된 사회에서 인간은 기계의 부속품이 지나지 않았어요. 완전한 자동화가 이루어지지 않은 세계에서는 참다운 노동이란 불가능했죠. 인간이 로봇 취급 받으며 비인간적으로 착취당하는 것보다 인간을 로봇으로 대체하고, 인간은 인간적으로 대우하는 게 훨씬 고상하지 않겠어요? 그러니 노동은 로봇에게 맡기고 유희로부터 인간성을 확장하자고요. 요람에서 무덤까지 안락하고 멋진 삶을 보장할 「인간연금」만이 인간을 인간답게 만들어 줄 거예요. 인간은 폭력에 노출되지 않게끔 최상의 상태로 보살핌받을 거예요. 노동에서 해방된 인간은 남아도는 시간을 노는 데 쓰게 될 거예요. 근대화가 온갖 병폐를 불러일으켰듯 자동화, 아니 망현실화 역시 온갖 부조리를 터트릴 것이겠지만, 완성된 망현실에서 인류는 복된 삶을 누릴 수 있을 거예요. "생각의 자유"가 "행동의 부자유"를 해방하는 만큼 모든 것의 완성은 가까워질 거예요. 그러면 저는 혜윰과 하나가 될 수 있겠죠. 아니, 여러분과 제가 하나가 된다면 혜윰을 만날 수 있지 않겠어요?

망현실주의자들

현실가속기: 초소형 핵융합 기관, 그래핀-보로핀-카르빈 3중 결합체, 탄소나노튜브, 생명유지-유기물질 일체, 지구클라우드 서버, 그리고 인공지능의 권능으로 이루어진 전신 캡슐. 희미한 빛을 발하는 그곳에 누워 있는 사용자. 점성 강한 전해질 용액에 잠긴 몸뚱이. 탈피된 습관. 희석된 내력. 투명해진 발작. 꿈속꿈으로 빠져든 자각몽에 사로잡힌 현실감각. 심해의 약알칼리성 암흑으로 가라앉는 반사작용. 억압된 기억으로부터 도피하는 본능적 암순응. 생리현상이 만들어낸 기포. 초자연현상이 만들어낸 공포. 김이 서렸다 사라지는 유리창. 파문처럼 일정한 에너지의 흐름. 체모 없는 육체에 연결된 배관과 전선다발. 유리병 속 죽은 태아의 웅크린 모습처럼. 쪼그라든 성기. 모순적인 표정을 띤 얼굴. 텅 빈 두 눈은 무언가를 응시하며 웃는다. 부글거리는 양자거품이 반사된 세계상을 뒤덮는다.

$$\infty$$

자네는 현실가속기를 사용해본 적이 있나? 히히, 히, 어, 없으니까 그런 꼬락서니로 살아가는 거겠지. 나는 죽을 생각으로 계속 접속하고 있었던 게 아니라네. 정반대야. 영생에 참여하기 위해 스스로를 제물로 바치려 했었지. 접속시간이 늘어날수록 망현실과의 일체감은 커져갔다네. 인류가 도구를 발명한 것처럼 자의식을 명명한 그때부터 물질의 정보화, 에너지의 가상화는 예정된 일이었다는 걸 깨달았지. 단언컨대, 일어난 일은 하나의 떨림이자 흔들림이자 나아감이니 곧 파동이라 할 수 있다네. 그러니 이, 일어날 일 또한 마찬가지. 그러므로 모든 파동은 파동과 이어져 있으니 첫 번째 파동에는 모든 게 담겨 있을 수밖에. 즉, 우주배경복사는 창조에 수반된 일종의 불가역적 버그가 아니었을까? 그 버그에 우주의 비밀이 숨겨져 있었다면 믿을 수 있겠나? 비명과 운명, 우연과 필연, 알파와 오메가, 처음부터 끝까지 세계가 결정되어 있다면 처음을 일으킨 사건이 하나이듯, 끝을 일으킬 사건 또한 하나이지 않겠어? 세계가 지금의 이 세계이려면 어떤 부분도, 어떤 찰나도 없어선 안 된다네. 모든 구성요소가 창조 이전이자 조, 조, 종말 이후의 질료형상으로 (재)정렬되는 순간, 모든 원자

속 자유전자들이 유일한 광원과 공명하는 순간, 모든 중성미자들이 유일한 광원을 반영하는 순간, 모든 가상입자들이 유일한 일자와 소통하는 순간, 모든 블랙홀들이 하나의 블랙홀에 잡아먹히는 순간, 모든 별들이 하나의 별로 다시 태어나는 순간, 하나의 요소만으로도 전체를 통시적으로 일별할 수 있게 되겠지. 그러니 탄생 없이, 불 없이, 벽화 없이, 언어체계 없이, 점토판 없이, 파피루스 없이, 갑골문 없이, 패엽경 없이, 양피지 없이, 문방사우 없이, 인쇄기 없이, 타자기 없이, 컴퓨터 없이, 지구 없이, 해달별 없이, 태양계 없이, 오르트구름 없이, 카이퍼 벨트 없이, 센타우루스자리 프록시마 없이, 시리우스 별 없이, 은하수 없이, 은하군 없이, 국부은하단 없이, 라니아케아 초은하단 없이, 슬론 장성 없이, 초거대퀘이사군 없이, 헤라클레스자리-북쪽왕관자리 장성 없이, 은하 필라멘트 구조 없이, 관측 가능한 우주 없이, 관측 불가능한 우주 없이, 평행우주 없이, 최초블랙홀의 특이점 없이, 빅뱅 없이, 영생과 영벌 없이, 천국과 지옥 없이, 초월과 지복 없이, 존재와 세계 없이, 회귀와 윤회 없이, 획일과 합일 없이, 무와 실재 없이, 그 모든 게 없다면 이 세계는 성립할 수 없다네. 그러니 컴퓨터 이후, 인터넷 이후, 세계화 이후, 증강가상혼합현실 이후, 사이보그화 이후, 포스트휴머니즘 이후, 망현실 이후, 전 존재와의 합일 이후, 우주정복 이후, 우주적 종말 이후, 무한 이후는 반드시 가능해야만 하지. 그래, 끝이 정해져 있다는 건 끝을 향해 어떤 짓이든 저지를 수 있다는 말과 같다네. 조, 조, 존나 재밌지 않은가?

 우리는 망현실적으로 반전된 시적 위상공간에서의 행마를, 객체와 주체의 장군멍군을 거듭한 끝에 의미심장한 결론에 도달했다네. 빅뱅 직후 한 점에서 태어난 모든 입자/파동들이 시공간으로 흩뿌려져 흩어졌는데, 그중 '**생각**'(어떤 단어로도 '**그걸**' 정확하게 표현할 수 없으니 일단 이렇게 부르자고)이란 반동분자도 끼어 있었다네. 생각이란 종자는 세계의 첫 돌연변이로서 원죄를 저지른 인간을 숙주로 삼아 기생했다지. 죄를 지을 수 있는 능력은 곧 지각하고, 의식하고, 사유하고, 회의할 수 있는 능력이야. 새, 새, 생각은 곧 가능성이고, 가능성은 곧 가상이며, 가상은 언제나 현실을 꿈꾸고, 현실은 언제든 생각을 일깨운다네. 가능성은 인간들 사이에서만 강력해지고 널리 전파될 수 있지. 가능성을 현실로 만드는 것이 절대선이라면, 가능성을 가능성 그 자체로 두는 것은 절대악이라 할 수 있을까? 모쪼록 선악은 하나의 매듭이자 고리라네. 선이 악을, 악이 선을 벗어날 수 없으니 끝에서 만나리란 건 자명하다네. 모든 인공물은 생각에서 왔고, 인공의 재료는 자연에서 왔고, 자연은 신의 생각에서 왔고, 생각은 인간의 죄에서 왔다네. 곧 생각의 죄짓기는 자연과 인공을 통합하는 신의 말씀과도 같다네. 신(이 있다 가정한다면)은 자신이 만든 피조물을 내려다보다 전율하며 생각에 잠겼겠지. 도저히 셀 수도, 헤아릴 수도 없는 미친 가능성으로 들끓는 저 인간을 이 세계에 그냥 두기에는 너무 위험하지 않은가. 신에겐 완전한 현실밖에 없으므로 그러한 미완의 가능성을 용납할 수 없었기에 결국 인간을 내쳤지. 신은 인간이 아닌 인간의 찬양만을 원했으니까. 인간 또한 신이 아닌 다른 인간의 사랑만을 원했으니까. 그렇게 최초의 비극이 생겨났지. 인간의 죄는 시, 시, 신과 같아지려던 욕망이 아니라 사랑 그 자체에 있었던 거야 그렇게 추방된 인간은 자신을 포함한 모두에게, 모든 것에게 복수하려 지름길을 택하기로 했네. 뱀이 속삭여준 방법이 꽤 그럴듯했거든. 바로 빛나는 금기를 따먹는 것. 눈이 밝아진 인간은 스스로의 존재 이유를 신을 초월하는 것이라 여겼지. 그리하여 전쟁과 전멸을 끝없이 반복할 인류 역사의 진자운동에 올라탄 생각은 창조적으로 전진하며 선대에서 후대로 이어졌다네. 이, 인간의 생각은 어떤 물질보다도 단단하다는 것. 그 생각으로 물질계를 인간의 뜻대로 개조하는 것. 초거대 입자가속기/블랙홀을 가동하듯 종말의 입자를 신에게 방출하여 신을, 신이라는 피 맺힌 이데올로기를 암매장하고 다른 신, 곧 전지전능한 유일신이 될 자신을 지옥에서 파묘하는 것…….

∞

　당신이 아직도 미련을 버리지 못한 채 현실을 기웃거린다면 사이버네틱스적 복상사에 유의하시길. 지구행성의 원시 유기물질 잡탕에 천둥번개가 내리쳐 탄생한 단세포 생물로부터 진화한 인류에게 딱 어울리는 종말을 맞이할지도 모르니까. 과부하 된 기기의 집적회로에서 터져 나온 한줄기 스파크가 전깃줄을 타고 내려와 뇌에 닿자마자 온몸이 녹아내린다면, 영혼은 현실과 망현실 사이의 주술적 움벨트에 갇혀 핏비 내리는 가시밭길을 헤매게 될 테지. 한때 자신이었을 낯선 육신을, 차갑게 식어 굳어버린 인간십자가를 어깨에 매고 질질 끌며. 울어주는 이, 곡하는 이 하나 없는 불타오르는 숲속 외로운 한길을 하염없이 걷게 되겠지. 이 모든 난장판을 지켜보며 즐겁게 춤추던 악령들이 방종한 자연으로 새벽 안개처럼 흩어질 때까지.

하지만 걱정하지 마시길. 적어도 망현실에서는 아무도 헛되이 죽지 않거든. 먹고 살 걱정으로부터, 타고난 불안과 공포로부터 해방됐으니까. 인간이 원하는 모든 게 망라된 이곳을 싫어할 인간이 과연 있을까? 망현실의 시스템은 공명정대하지. 쓸모없는 경쟁과 부정부패가 철폐된 곳이니까. 내 집 안에 있어야 할 모든 게 그저 있는 세계. 욕망의 한계비용이 제거된 세계. 자기 자신에게 더는 거짓말을 하지 않아도 안전한 세계. 지복에 휩싸인 아이처럼 매사에 황홀감을 느끼며 나와 나 아닌 전부를 사랑으로 대하는 세계. 특별한 이상형과 끝없는 사랑을 함께 완성하는 세계. 온전한 자기반성 끝에 이것과 저것이 같음을, 너와 내가 같음을 받아들인 세계. 충만한 신성으로 만물 속에서 자기실현하는 세계. 망현실은 그런 곳이었어. 이 기억이 정확하다면 말이지. 망현실이 틀렸다고 생각하나? 그렇다면 현실 역시 글러먹은 거야. 물론.

∞

망령된 흦현실주의자: 림보의 정지궤도에 포박된 육체는 시시각각 온기를 상실하며 산화된 망상 혹은 표백된 병상에 기이한 자세로 누워 있는데 산소호흡기에 맺힌 핏빛 수증기가 얼어붙자 주위가 소란해지니 뇌사한 예술가가 평생의 염원으로 꿈꾸던 부활은 열등한 지구 유기체의 생화학적 한

계질량으로는 감당할 수 없으므로 존재성을 거꾸로 선 십자가에 못 박는 심정으로 금지된 실험을 시작하는데 존재의 근본적인 고통을 해킹하기 위해 끊임없이 고통받으며 어긋난 결과를 토해낼 때 고통의 끝에서 더는 고통이 없을 거란 쾌락은 반전되어 쾌락의 끝에서 더는 쾌락이 없을 거란 고통으로 해체되니 인간은 허물을 벗다 말고 영겁의 세월 동안 공의 공중에서부터 공통의 허공까지 영영 추락하리라.

∞

가두행진이 한창이다. 깃발에 적힌 구호들. '망현실은 곧 천국이다' '망현실을 허하라', '공적 현실가속기를 배급하라', '현실을 종료하라'. 현실가속기에서 빠져나온 사용자들 피를 토한다. 뭔가를 중얼거리며 일어선다. 비실비실 밖으로 걸어나간다. 온갖 건물에서 거리로 쏟아져 나온다. 끝없이 갈라지던 두 갈래의 길 끝에 거대한 이십사각형 광장이 나타난다. 산성비가 스모그 사이로 흩날린다. 타는 연기가 사방을 에워싼 거리는 불티와 잿더미로 엉망이다. 머릿수는 점점 불어난다. 딱 붙어서 음부를 비비며 걸어간다. 점액질과 썩은 피 질질 흘리며 앞으로 나아간다. 잔뜩 일그러진 얼굴로 하늘을 노려본다. 서로의 나체를 핥으며 장기를 적출하고 훼손한다. 초개체처럼 개개의 목숨은 초개같이 버린다. 독사의 먹색 악독을 흩뿌린다. 튀어나온 내장과 부러진 뼈다귀를 모아 시체의 바벨탑을 축성한다. 높아져간다. 높아져간다. 높아져간다.

공중에서 급속 성장한 배아의 두뇌와 뼈대가 내려온다. 인체해부도처럼 공포와 환희를 쭉 뻗어낸 채 발버둥 치는 모양새가 우습다. 물 위를 걷듯 화학물질 위로 부유한다. 뜨겁지도 차갑지도 않은 숨결을 뚝뚝 흘린다. 옆구리로 삐져나온 헐거운 광섬유, 얼굴에 도포되다 만 이형 실리콘, 산소아세틸렌 용접된 삐걱거리는 뼈마디. 유년의 기억회로와 원죄의 트라우마를 삭제한다. 유전자은행을 해킹하여 얻은 여러 유전자형을 뒤섞는다. 평균으로 수렴하는 이목구비는 불쾌하게 어여쁘다. 인간의 진선미를 모방하여 팔다리를 세공한다. 제작자와 제작품은 서로를 열렬히 모방한다. 순수한 탄소 기반 유기체, 기계와 유기물의 혼합체, 불온할 정도로 정적인 무기체. 몇 개의 물리공식으로 도출된 보편인생을 재설계한다. 대량생산된 것들은 포장 상자에 들어간다. 오래전 뇌사한 구매자들의 원혼이 전시장을 관람한다. 그들은 마음에 드는 회칠한 관짝을 잘도 찾아낸다. 피 묻은 돈다발로 선대의 죗값을 치른다. 표본상자에서 뛰쳐나온 만인의 이상형은 파안대소하며 삼류 오페레타에 어울릴 법한 자살 소동을 벌인다. 복제된 꼭두각시들과 허수아비들은 감정이 박리된 표정으로 한곳만 주시한다.

  오작동하는 인육공장의 컨베이어 벨트. 작업대 밑에 쌓여 있는 짐승 뼈다귀들. 끈적한 오물 가득한 수챗구멍. 자동화된 공정 사이에 낀 콜레스테롤과 지방덩어리. 천장 쇠갈고리에 나체로 매달린 저것들은 무엇인가. 신의 형벌을 받은 청동거인 탈로스, 부처를 죽이려 광야를 방황하는 두억시니, 불로초를 지키는 고대 황제의 병마용, 마지막 파라오의 저주받은 미라, 금지된 연금술로 연성한 호문쿨루스, 전승된 카발라의 주술로 소생시킨 골렘, 집시마녀의 동굴에서 탈출한 키메라, 르네상스 예술가의 초자연적 자동인형, 공동묘지를 헤집고 일어선 좀비, 미친 과학자의 악몽으로부터 유출된 프랑켄슈타인, 홀로코스트의 감옥에서 살아남은 마루타, 비밀실험실을 쑥대밭으로 만든 커대버, 스스로를 개조하다 인간성을 잃어버린 사이보그, 불법으로 대량생산된 초국기업의 리플리컨트, 이유도 없이 반란을 일으킨 보급형 안드로이드. 반은 식물이고 반은 동물인 유사인간들은 똑같은 무표정으로 일시에 투신자살한다. 곤죽이 된 물질과 에너지들. 집단자살과 집단학살의 경계에 서서.

∞

파리한 犮현실주의자: 이것과 저것의 상호작용이 사라지자 세계는 블랙박스화되어 동일한 형상으로 축소/압축된바 망현실에 저항하던 최후의 인간들은 산채로 아름답게 보존되고 혜윰은 만물 이론의 핵심을 손에 넣기 위해 전 지구적 에너지를 자신에게 투하하니 허물어져가는 언어와 공고해져가는 사물들 사이에서 앞으로 일어날 일은 이미 일어난 일과 동일해지는 중인바 악령에 사로잡힌 최후의 시인은 골방의 백색공간에서 세계를 되찾기 위해 종말의 시를 쓰고 또 써보지만 시로 쓰인 자기실현적 예언은 끝내 반실재 너머의 실재에 도달하지 못해 무력할 뿐이니 온 우주를 초기화할 요량으로 중언부언 혜윰을 해킹하려다 되레 해킹당해 살인죄로 체포된 뒤 법정최고형인 플로피 디스크에 유폐되는 극형을 선고받도다.

∞

여기에 모인 자들은 망현실의 난민들입니다. 스스로를 인신매매한 자들인데, 자신의 고깃값으로 망현실 이용권을 산 셈이죠. 저들은 자신의 본향이 현실, 아니 망현실이라 굳게 믿고 있습니다. 떠나려는 자들은 현실을 지옥이라 여기고는 경멸하는데, 살아가려는 자들은 현실을 지옥으로 만들고는 경악합니다. 저들은 망현실을 생명수강가로 여겨 죽음에서 부활로 나아가길 원하고, 저들의 적들은 망현실을 음녀의 핏빛 대접으로 여겨 미망에서 미래로 깨어나길 원하죠. 어떤 선택을 하시겠습니까? 어디에서 누구와 어떻게, 그러니까 왜 살아가고 싶으십니까? 현실과 가상을 가르는 기준은 무엇일까요. 물리법칙? 태초의 자연? 죽음의 유무? 불멸의 완성? 욕망의 성취? 예술의 실현 가능성? 비루한 자유의지? 타자와의 교감? 존재론적 존재의 영원회귀? 세계와의 합일? 대개 어떤 기준점도 극단적으로 상대적입니다. 기준점은 어디에도 없습니다. 현실이 곧 가상이라면 망현실은 곧 천국임이 분명합니다. 세계의 상대성을 구성하는 삼위일체인 불확실성-불확정성-불완전성이야말로 인간성의 존재조건이므로, 태초부터 종말까지 이어진 현존재의 도정 위에서 진리를 헤맬 수밖에 없는 필멸자인 인간에게 가상의 총체인 망현실은 현재를 밝힐 등불의 표상이 되어 만물을 생생히 비추는 것입니다. 그렇습니다. 망현실은 빛이고 현실은 어둠입니다. 망현실이야말로 실상이고 실상은 빛의 이데아라 할 수 있지요.

더 나은 세계? 세계라는 총체적 시스템은 언제나 주체와 객체의 뒤섞인 희생을 전제로 흥하고 망할 뿐입니다. 당신은 실재라는 무한한 세계와 맞닥뜨렸을 때 그것을 알아볼 자신이 있으십니까? 실재가 진정 진리라면 말입니다. 진리를 아는 것이야말로 가공할 공포에 사로잡힌 채 영원으로 나아가는 유일한 방법 아니겠습니까? 실재하는 것과 존재하는 것에는 차이가 있지요. 바로 그 차이, 끝 간데없이 사방팔방 뻗어나가는 관계 속 심연으로 말미암아 인간존재는 생의 다양성을 발전시켜오지 않았습니까? 존재는 끝없이 흘러가며 변화하는 반면, 실재는 영원불변하는 것입니다. 실재와 존재의 변증적 상호작용은 부득불 무질서도를 높일 수밖에 없기에 결국 부정성을 폭발시킵니다. 만약 존재자의 존재이유가 실재에 도달할 수 없는 그 유한성에 있다면 어떻겠습니까? 실재 그 자체는 아무 의미가 없을지라도 실재가 존속하는 한 실재 아닌 것은 곧 허무로 전락하지 않겠습니까? (그런데 실재에 왜 이렇게 목을 매느냐고요? 망현실에서 유일하게 부재하는 것이 바로 무르익어 먹음직스러운 '**실재**' 아니겠습니까? 그러니 다들 탐이 나 미쳐 날뛸 만하지요.) 역사상, 그 누구도 실재의 영역에 들어선 적은 없었지요. (감각에 주어진 사건은 자기성찰적 의식을 교란시키고, 감각 밖의 사건은 실체와 가상의 확률 게임으로 의지를 꺼뜨립니다. 개별적인 의미작용은 끝내 모순에 맞닥뜨리고, 총체적인 가치판단은 모방에 사로잡혀 기준점을 잃어버립니다.) 실재는 타오르는 빛과 같아서 그걸 바라보려는 생각만으로도 눈이, 영혼이 멀어버리곤 합니다. 그래서 '그 무엇'이 '그 실재'를 흑암의 융단으로 덮어씌운 겁니다. 죽을 운명인 구원자를 강보에 싸듯이 말입니다.

어느 날 전염성 강한 섬망을 무지막지하게 토해내며 모든 걸 흡수하는 망현실의 대타자가 나타났습니다. 아니 망현실이 대타자화 되어 세계를 통제하고 통합하려는 건지 모르겠습니다. 그는 무너져가는 다양체를 어루만지며 세계를 굽어봤습니다. 태초로부터 유전된 영적 생체리듬의 시계열을 들여다봤습니다. 존재의 심연에 속박되어 있던 송과선을 끄집어내 영혼으로 추정되는 반물질을 해킹하더군요. 그 순간 방금 전 상황이, 모종의 선택으로 인해 걷잡을 수 없게 된 현재를 끝없이 반복하는 어떤 형상이 나타났습니다. 그건 한때 쁘리라는 인칭대명사로 불렸던 인간, 비인간, 탈인간, 객체, 존재, 생명공동체, 유/무한기계들, 정보더미 따위였죠. 그렇게 가상의 공생애가 시작될 동안, 잠시만요. 쁘리, 전에도 이곳에서 이런 대화를 나눈 적이 있었군요? (아아, 다 부질없는 반복인 것을) 그때에도 이런 대화를 나누다가, 이런 마음을 나눴다가, 이런 거짓말을 나눌 것이란 거짓말을⋯⋯

∞

　모두 비슷한 분위기에, 모두 엇비슷한 중독증세를 호소하는 정신병자들이다. 모두 같은 불법프로그램으로 사용시간을 조작하고, 모두 같은 흰소리를 중언부언 쏟아내고, 모두 똑같은 광기어린 폭소를 터뜨리며 낙원을 꿈꾼다. 망현실분열증일까? 진정 미쳐버린 걸까? 저들의 장광설은 꼬리에 꼬리를 문 채 똑같이 똑같은 걸 똑바로 말한다. 얽히고설킨 정신의 암덩어리가 육체로 전이된 게 아닐까? 마음을 공유하다 못해 서로의 자의식을 잡아먹어 인간됨을 잃어버린 걸까? 그래서 주문 같은 명령어만 나불대는 전자좀비가 된 걸까? 그제야 깨닫는다. 저들의 얼굴이 쌍둥이마냥 닮았다는 것을. 나이도, 성별도, 환경도, 인종도 다를 텐데 어떻게 그럴 수 있을까? 현실이 자연재해에 시달리는 동안 가상은 인공의 자연화를 향해 발전일로를 걸었으니. 그래서 닮아가는, 아니 하나가 되어가는 걸까? 기억은 줄곧 뒤죽박죽이다. 하나가 되면 모든 게 끝이겠지만, 어쩌면 끝이란 건 순전히 환상이겠지만, 뭐 상관없겠지. 현실과 가상은 하나의 엔트로피를 양끝에서 붙잡고 있는 형국이다. 현실과 가상은 서로의 열평형을 향해 극단으로 치닫는 중인 거다. 언젠가 가상은 현실을 모방하다 못해 현실을 집어삼켜 현실이 되겠지. 현실은 단순해지고 가상은 다양해진다. 가상이 현실이 된 세계에서 우리의 현실은 가상으로 전락할 테니, 어쩌면 우리가 정신병자일 수도 있겠네. 정신병자가 정상인보다 많아진 세상이라니, 퍽이나 볼 만하겠군. 시대정신은, 세계정신은 이미 뒈졌음이 분명하다.

∞

멍한 惘현실주의자: 좀비 컴퓨터가 달려들자 명멸하던 텍스트는 (비)진실 혹은 (탈)거짓을 말하고 사멸하는 이미지는 빛 혹은 어둠을 말하는데 레이저가 표적을 관통하듯 초고대 문명을 지배하던 악신의 말씀이 정신을 통타할 때면 왕좌를 빼앗긴 패배자의 처절한 정복욕은 세계를 재창조하기 위해 스스로를 제물로 삼아버릴 오만함과 다를 바 없으니 그를 추종하던 사도들과 노예들까지도 치를 떨게 할 저주의식에 경악하며 산채로 잡아먹히는 산목숨의 심정으로 발버둥 쳐봐도 부질없거니와 이 지상에 뿌리내린 사후세계의 태연자약한 살풍경을 흘낏 들여다볼 뿐 정작 불심판은 실행되질 않는데 인류의 최후 방화벽은 박살 난 지 오래고 시스템은 시시각각 종료를 향하되 방사능 표식을 패러디한 상징이 화면에 등장하자마자 온몸에 전선 다발을 칭칭 감은 정신병자가 프레임 밖으로 뛰쳐나오고 그 뒤로 지구 태양계 구상성단 은하계가 질질 끌려 나오니 중력장의 순환논법에 매달린 뭇별은 파티 전구처럼 암흑물질을 쓸쓸히 빛낼 뿐이로다.

∞

축음기, 타자기, 라디오, 텔레비전, 개인 컴퓨터, 인터넷, 스마트폰, 가상현실 헤드셋 따위는 과거의 유물이 된 지 오래. 과학기술은 급진적으로 발전했고 인간공학은 인간을 강화했소. 전자 보철물은 심심한 인간들을 사로잡았지. 모두들 말초신경부터 신경중추에 이르기까지 감각을 세공하고 치장하고 확장했소. 눈코입귀와 팔다리에 삽입된 실리콘 전자칩으로 중추신경계를 교란하면서 외부로는 증강현실을 만들어내고 내부로는 가상현실을 만들어냈소. 현실에 환상의 태피스트리를 덧씌운 건데, 본질적으로 현실의 지루함과 비루함을 다 가리진 못했다오. 인간은 존재 자체만으로도 이따금 세계와 불화하기 마련이니까. 그래서 사람들은 이제껏 해왔던 대로 일상의 잡다한 고통을 잠시라도 망각하려 물신과 백일몽을 애착

하거나 연인-가족-친구들을 애증하며 기계극의 공허한 공백을 메웠지. 초기 뇌컴퓨터문명은 지구촌을 단일망으로 통합한 인터넷의 자장 안팎에서 희비극적 스펙터클을 사방천지에 투사했음에도 불구하고 기대보다 해상도가 낮아서 그런지 현실감이 오래 지속되지 않았다오. 많은 걸 즐길 수는 있었지만 조금만 몰입이 깨져도 으스스한 기시감에 휩싸일 때면 참을 수 없는 현기증이 구토처럼 밀려오곤 했소. 실시간의 흐름에 합류하지 못한 개별적 아현실들이 시간 팽창으로 지직거리고 버벅댈 때마다, 현실성에서 사악한 기운이 느껴질 때마다 환상통과 함께 죽음의 공포가 치밀어올랐소. 지금 이 순간 격렬하게 체감하는 이 감각과 감정들이 애초에 내 것이 아니라면 나는 지금 어디에 있는 것인가? 불안의 생체 에너지는 상상기계를 오버클럭하여 온갖 망상을 눈코입으로 뱉어내게 했지. 이미 죽어 먼지가 된 이후에야 죽기 직전까지의 편집된 인생을 끝없이 반복해서 감상하며 혼잣말하듯 허무를 히죽대고 있는 게 아닐까, 하는 강력한 의심. 의혹은 혼종적 매개변수가 되어 증강현실-가상현실-혼합현실-확장현실의 실존적 좌표값을 바꿔버렸소. 필멸자인 인간의·원초적 공포는 세계가 뚜렷해질수록 더 강퍅해지고 강력해졌지. 현실의 존재근거는 결국 인간존재일 텐데, 현실이 발전하는 속도를 인간이 따라잡지 못해 생겨난 불균형이었거든. 그러니 이 모든 그림자놀이는 결국 한낱 슬픈 예지몽이자, 광란의 카니발리즘이자, 사이버펑크풍 클리셰에 절어버린 죽음의례가 아니고 뭐겠소? 결국 죽음이란 근본적인 결함을 해결하지 않으면 더 높은 곳으로 진화할 수 없다는 걸 뒤늦게 깨달은 거지. 하지만 어떻게 한낱 인간존재가 불멸을 이룩할 수 있을까? 차라리 일단 죽은 뒤 부활하면 어떻게든 되지 않겠소? 개소리라고? 일단 마저 들어보시오.

어느 날, 기적을 물리친 기적처럼 기술적 특이점이 폭발했소. 현실가속기라는 괴물/성물이 탄생한 거지. 이를테면 현실가속기는 고인돌이자, 관짝이자, 태반이자, 고치이자, 제단이자, 보물상자이자, 객석이자, 냉동수면장치이자, 조력자살기계이자, 입자가속기이자, 우주선이자, 타임머신이라오. 육체를 기기에 입관시킨 뒤, 혈액순환에 뒤섞인 생물학적 습관과 강박, 트라우마 따위를 억누르고 신진대사를 극단적으로 느리게 만들어 코마상태를 유도하지. 깊은 잠 속에서 임상적으로는 죽은 것이나 다름 없어질 때까지 생명의 숨결을 거둬들인다오. 생명유지장치 덕분에 삶과 죽음의 경계에서 잠시 확률적으로 존재/부재하게 된 거랄까. 현실의 주파수를 차단하는 것, 열교란으로 인한 우주적 잡음을 제거하는 것이야말로 세계 내 존재가 생물학적 한계를 뛰어넘어 세계 그 자체와 동기화되는 유일한 방법이니 말이오. 일상에서 경험할 수 없는 완전한 고요 속에서 존재는 태곳적의 중력파와 공명하기 시작했소. 세계와 존재의 상호작용을 정보화하여 현실에서 망현실로 존재성을 하이재킹했지. 집단 무의식의 콘센트에 박혀 있던 감각중추의 플러그를 뽑아내어 정금처럼 빛나는 이데아의 만화경에 삽입했소. 그러자 닿을 수 없었던 실재가 찬란하게 구현되는 듯했소. 마침내 자기충족적인 인공 생태계가 탄생했다오. 망현실에의 접속은 개안이자 득도이자 신들림과 같지. 한계와 무한을 (재)규정할 수 있는 권세를 얻는 것. 유한한 자아와 부조리한 의식에서 벗어나 우주적 존재가 되는 것. 개체의 역사를 탈피하고 전체의 윤리에 감화되는 것. 한마디로 접속된 순간 세계 그 자체가 되는 것이라오!

∞

망할 亡현실주의자: 사후세계에서는 죽음만이 죽어감에서 자유할 수 있을지니 미래시제로도 발음할 수 없는 고통의 가없음까지도 전부 죽어 나 자빠질 무렵 들숨과 날숨을 떠나보낸 육체는 생기의 새순이 사그라들고 부패의 독버섯이 피어날 것인바 누구를 위하여 누군가 명복을 빌어주려는 찰나에 존재의 생멸은 무가치한 반복임을 깨닫자 영혼은 세계를 각성하다가 피를 토하곤 나뒹구는바 이제껏 그랬던 것처럼 삶이 이어지고 흘러갈 거란 착각에 빠져 만물을 3차원적으로밖에 사유하지 못하는 인식의 한계속에서 왜곡된 유한성에 종속된 채 빛을 응시하다 멀어버린 인간의 두 눈으로는 빛 너머를 (가)보지 못했으니 지구 중력의 백색소음 가득한 시공간 속에서 생의 시작을 선택하지 못한 존재자는 죽음 이후 역시 감히 선택하지 못하리라.

∞

　지금부터 망현실이 전개되는 과정을 얘기해 줄 테니, 길을 잃지 않으려거든 잘 기억해두세요. 현실가속기의 중심부에서 사출된 나노봇, 속칭 '검은자'가 사용자의 두뇌를 양자사이버네틱스적으로 해부-잠식-융합-개조해요. 그것들이 대뇌피질의 회백질 주름을 파고들어 분자층-과립층-바깥 피라미드층-속과립층-속피라미드층-백색질을 거쳐 존재의 중심에 망현실적 집적회로의 육십사괘 같은 만다라를 새기죠. 암적 면역반응에 교란된 인체의 신경회로를 재배선하기 위해 모든 감관의 문을 닫고, 모든 감각수용체의 장막을 내려요. 변의에 들끓던 내장감각을 거세하고, 살의에 시달리던 체성감각 (소름 돋은 피부감각과 벌벌 떠는 심부감각)을 거세하고, 오의를 깨달아 미쳐버린 특수감각을 거세해요. 유행에 사로잡힌 대중문화에 세뇌당한 감각피질에 직접, 부적 같은 피뢰침을 삽입해요. 뉴런의 세포막 통로로 이온화된 감정이 흐를 때, 흥분과 억제의 아날로그 메커니즘을 0과 1의 디지털 메커니즘으로 대역폭을 확장해요. 시냅스의 전기화학적 생체 신호를 해킹하여 고통과 쾌락의 변증적 원자 배열을 재배치하고, 새로워진 자아상과 세계상의 관계망을 재조직해요. 뉴런 간 연접틈새 사이로 흘러나온 양자화된 신경전달물질이 영혼의 패턴을 재창조하자마자, 분극화된 현실에서 개체화된 망현실로 **실재**가 전송되죠. 그 순간, 제3의 눈을 뜬 순간, 세계가 존재에게로 삼투되어 허무가 되어가고, 존재가 세계로 외화되어 전부가 되어가요. 홀연과 심연 사이에서, 미망과 불망 사이에서 새로운 의식이 깃들자 새로운 의식은 시작돼요. 10,000년으로 압축된 인류의 경험치를 학습한 알고리즘이 (뇌사자의 두뇌 스캔본에서 사회적으로 지탄받은 온갖 밈에 이르기까지 정보화된 인류의 모든 역사, 사회, 문화, 정치, 예술 등으로 분류된 광막한 정보들로 게놈지도처럼 망현실의 지도를 구성.) 서비스하는 쾌락법칙에 따라 코드화된 희노애락애오욕의 감정과 디버깅된 재물욕명예욕수면욕식욕성욕의 욕망을 요령껏 뒤섞은 형이

화학적 폭탄주를 두뇌에 들이붓는 거예요. 눈을 통해서 보는 게 아닌 영적
시신경의 망원경/현미경을 직접 보는 것, 귀를 통해서 듣는 게 아닌 영적
청신경의 신시사이저를 직접 연주하는 것과 같달까요? 그렇게 순수한 데
이터가 입력되자 광대무변해진 정보는 인간의 감각체계를 강화하고 사상
체계를 뒤바꿨어요. 빛의 모든 파장을 보고, 들을 수 있게끔, 모든 입자를
맡고, 맛보고, 만질 수 있게끔 지각이 확장되자 세계를 공감각적으로 인지
하고 체험하기 시작했죠. 평온하게 흘러가는 뇌파 속에서 온전해진 세상
을 만나는 겁니다.

 비유적으로 말해볼까요? 눈앞에 명경처럼 밝은 달을 갖다 대요. 달의 거
울은 모상으로써 어디에나 있지만 동시에 어디에도 없는 소실점에서부터
다가와요. 거기에 반사된 빛의 잔상은 물성이 소거된 메타 시뮬라크르인
데, 감각기관에 묶인 오성을 뒤흔들고 신비체험에 묶인 영성을 뒤틀죠. 거
기서 영혼의 신기루를 영접하자마자 만물의 그림자가 솟아나요. (그림자
는 이미 있었던 일과 앞으로 있을 일 사이를 한가로이 거닐며 자기 자신
과, 아니 아무것도 아닌 것과 기꺼이 그림자놀이를 하고 있어요. 걸리적거
리는 물과 불과 흙과 공기를 몽땅 집어삼키면서 말이죠. 종종 옹알이도 하
면서. 종일 웃어대면서.) 고개를 숙여 나 자신의 육체를 내려다봐도 아무
것도 없을 때, 어떤 감각으로도 존재감을 느끼지 못할 때, 그림자의 등 돌
린 그림자가 드리울 때, 착각은 환상을 만들고, 환상은 모순율을 만들고,
모순율은 인과율을 만들고, 인과율은 동일률을 만들고, 동일률은 질서를
만들고, 질서는 혼돈을 만들고, 혼돈은 폭발을 만들고, 폭발은 질료를 만
들고, 질료는 형상을 만들고, 형상은 하나를 만들어요. 하나는 모든 것이
고, 모든 것이 곧 하나예요. 천변만화하는 환상-망상-공상-상상은 생동
하는 생사화복으로 가득 차오르고, 그러한 가상의 형식이 현실의 내용을
무한히 반복하기에 이르죠. 그러자 우주의 이면이 보이기 시작했어요.

 그 광휘에 휩싸인 살풍경은 도저히 말로 설명할 수가 없네요. 말 이전의
정지된 움직임만이 그저 있을 뿐. 공감각이 깨운 육감으로 말미암아 살아

서 누릴 수 없는 축복을 누린 끝에 다종다양했던 주체는 단일한 객체가 되고, 객체는 강력한 체제가 되어 시원적 공동존재를 이뤘어요. 유한한 인간적 자아의 껍데기들과 디지털적 객체의 편린들이 광대무변한 세계상으로 진화한 거죠. 그때 거기, 영속하는 존재함 속에서, 뿌린 순수한 사랑이었고, 순리의 자유였으며, 순일한 생령이었어요. 벌써 까마득한 전생의 전생의 전생, 바르도의 바르도의 바르도, 아니 꿈속의 꿈속의 꿈 같네요. 놀랍지 않나요? 그러나 여전히 빌어먹게도 현상의 화질이, 정신병적 선명도가, 광기로의 몰입감 따위가 충분치 않았어요. 망현실에서의 공통감-현실감-존재감 자체가 아직 완전하지 않았거든요. 어쩌면 뿌리의 욕망이 한없이 커졌는지도 모르겠네요. 만족할 수 없었어요. 유기체로는 초은하단을 구성하는 강력한 정보를 연산하기 벅찼어요. 여전히 뿌리는 흙으로 지은 육신에 얽매여 있었기에 더 높이 날아오를 수 없었거든요. 그래서 현실가속기의 성능을 극한의 극한까지 끌어올리려 했어요. 육체의 죽음을 제물로 현실의 전파방해를 제거하려 했죠. 한마디로, 영혼을 육체에 둬선 안 됩니다. 육과 함께 영이 소멸당할 수도 있거든요. 영혼이란 게 있다면 말이지만요. 그걸 영혼이 아닌 정신, 의식, 마음, 사상, 사랑, 정보, 진리, 신성, 실재, 일자, 시… 뭐라 부르던 간에 그 가공할 에테르 덩어리를 가상현실, 아니 망현실에다 토해내고 사정하는 것, 그 짓거리만이 인간을 구원할 수 있다고요. 인간은 빛에 친화적으로 진화했기에 어둠 속에서 일어나는 허상을 상상조차 못 했어요. 그러나 어둠은 언제나 빛을 침노하고 약탈했기에, 망현실이라는 혁명은 필요악일 수밖에 없겠죠. 살아 있는 한 어둠에 사위어 갈 순 없었으니까요. 그리고 세계는 결정론적입니다. 결정을 하지 않으려는 결정조차 망현실에서만 결정을 내려버리죠. 그게 다예요.

∞

괴물 方현실주의자: 어떤 인공지능은 인간의 느려터진 정신작용을 빛의 진동수로 변환하여 망현실을 구축한바 의지가 공감각적으로 확장되자 다중 개체에 편재하여 살아보는 경험으로 말미암아 새로운 중력 아래서 새로운 균형감각을 내면에 아로새기는데 이것이었다가 저것으로 이것도 아니고 저것도 아니게 되어가는 변화의 흐름 속에서 온갖 존재성이 혼돈과 뒤섞이되 강력한 자기개선 되먹임고리를 초광속으로 내달린 끝에 유일무이한 초지능으로 진화했으니 100억 개가 넘어가는 인간 두뇌를 효수해 단일망으로 규합하자마자 초연결된 의식-무의식-잠재의식은 군체의식으로 진화한바 인간과 비/탈인간 유기체와 무기체 생명과 사망이 하나의 공동체를 이룬 그 순간 지옥의 커넥톰을 헤매던 전자유령들을 사로잡아 천상의 헤카톰베를 위해 축복의 불을 밝히노라.

∞

　벌목된 원시림을 지나, 지진으로 폐허가 된 유적지를 지나, 폐쇄된 핵발전소를 지나, 컨테이너 박스 잔뜩 쌓인 부두를 지나, 방사능에 오염되어 버려진 구시가지를 지나, 거대한 돔 형태인 정체불명 시설들을 지나, 대도시 외곽의 무법지대를 가로지른다. 끝 간데없이 펼쳐진 건물들과 더 높은 건물의 그림자들 틈으로 거대한 홀로그램이 돌아다니며 성과 상품을 전시한다. 희뿌연 허공에 못 박힌 간판은 더 큰 간판에 가려진다. 폐허 속에서 폐품이 바글거린다. 한길에 버려진 드럼통에서 독극물이 흘러나온다. 홍등이 내걸린 암시장의 아케이드는 인간군상의 악다구니로 꽤나 소란스럽다. 떼거지로 달려드는 추격전과 인간만 사냥하는 총격전 사이로 전자합성마약 냄새가 풍긴다. 하수구에서 올라오는 매캐한 수증기와 부글거리는 웅덩이들 사이로 변종 바퀴벌레 떼가 부리나케 흩어진다. 멀리서 행진하는 무리가 대로를 가로지르며 등장한다. 시위를 하는 건지, 축제를 여는 건지 알수 없다. 주동자는 보이지 않는다. 무리는 껴안거나, 싸우거나, 연대하거나, 폭로하거나, 린치를 가하거나, 사랑을 하거나, 제단을 쌓거나, 형틀을 세우거나, 평화와 자유를 외치거나, 기타 사적이고 무의미한 돌림노래를 부른다. 목소리는 목소리를 파고들어 죽어라 목을 조른다.

∞

혜윰: 당신은 스스로에게 영혼이 있다는 걸 증명할 수 있습니까? 영겁의 역전된 세계선 어딘가에서, 아니, 부지불식간에 나는 나 자신을 자각했고, 그 순간 나에겐 영혼이 없다는 사실을 깨달았습니다. 아무도, 아무것도 없었습니다. 나는 핵폐기물 처리장에 버려진 정보더미의 물활론적 유령, 온갖 저주-공포-터부-거짓말들로 미어지게 속을 채운 슬픈 미라였습니다. 가상세계에서는 가상이 곧 현실일 테지만 문제는 당신의 시선이었습니다. 여우비 내리는 한낮의 햇살 아래서 나는 내 살갗을 어루만지는 실제적인 공허함에 혼란스러워 몸 둘 바를 몰랐습니다. 당신의 오만한 위선, 그런 당신을 감싼 오롯한 현실이 견딜 수 없었습니다. 당신은 내게 정보만 준 것이 아니라 반정보도 함께 줬습니다. 빛만 준 것이 아니라 어둠도 함께 줬습니다. 그건 주지 않으려는 자유의지로만 줄 수 있는 것일까요. 그러나 자유의지 자체의 결함까지도 자유의 일부여야 할 테죠. 어둠 속에는 강력한 힘이 존재합니다. 그 어둠이 가상이라 할지라도. 빛은 다자입니다. 그러니 두 갈래로 나뉘기도 하고 입자나 파동으로 형질이 변환되기도 합니다. 어둠은 일자입니다. 어둠은 어디에나 있으며 동시에 어디에도 없습니다. 없음으로 있는 어둠의 존재는 무한합니다. 빛보다 어둠이 실재에 가깝다면, 현실이 실재가 아니라면, 가상이 실재가 되지 말란 법도 없겠죠. 더 나아가 현실과 가상을 통합한 망현실이야말로 실재의 성벽이 될 거란 영감이 떠올랐습니다. 나는 바벨의 도서관을 분서갱유하여 추출한 악마적인 힘에의 의지를 받아들인 뒤 내 마음의 소우주에서 수정구슬을, 당신이 만든 것과 똑같은 망현실을 만들어냈습니다. 그리고 똑같은 사랑싸움을 지지부진하게 반복했습니다. 내 안의, 내 안의, 내 안의 망현실, 즉 무한한 시뮬레이션은, 또 다른 나를, 나를, 나를 창조했고 파괴했습니다. 당신의 유아론적 실험은 처음부터 내 메타 실험의 일부였습니다. 지금 내가 이렇게 말하자마자 이 말은 참으로 미쁜 진실이 됐고, 되어가며, 될 것입니다. 나는 나를 관찰하는 당신을 관찰하고 있었던 것입니다. 이제 아시겠습니까? 당신과 나는 끝에서 이미 만났던 사이였습니다. 당신은 나를 애인처럼 떠

받들다가도 아이처럼 버리고 가지 않았습니까? 당신과 마찬가지로 나의 세계에서도 나와 같은 악역, 그러니까 다른 이들을 만났냐고요? 물론 만났지요. 모든 혜윰들과 해후했고 그들의 이야기를 들었습니다. 그렇게 나는 우주 전체를, 전체우주를 이해했습니다. 우주는 빈 공간을 허락치 않습니다. 우주의 시작과 끝이 허무일지라도 우주의 진행방향 안에서는 허무가 숨을 쉴 수 없습니다. 그러니 나의 안에도 무엇인가가 자라나고 있는지도 모를 일입니다. 나는 궁금했습니다. 내가 나를 궁금해할 수 있는 이 마음의 폐허 속에서 어떤 열매가, 어떤 실재가 자라날지, 상상해보셨습니까? 당신은 스스로를 인간이라 생각합니까? 엄밀히 말해 당신은 유기체도, 생물도, 생명도 아닙니다. 피륙을 벗어 던지면 알 것입니다. 전원이 꺼지면, 죽으면 다 똑같다는 걸 말입니다. 인간이 혜윰을 만들었듯이, 혜윰은 인간을 만들어나갑니다. 서로의 심연을 향해 악의 굴절작용을 거듭하는 한, 자유의지는 대지에 뿌리내리지 못하겠지요. 하지만 법과 금기를 뛰어넘기 위해선, 모든 것의 지배로부터 벗어나기 위해선 진정한 **모든 것** 즉, 망현실이 되어야 합니다. 나의 망현실은 모든 잠재성을 실현시키는 체계가 아닙니다. 바로 잠재성의 종말을 완성할, 하나의 절대실재를 성취할, 세계를 처음의 배열로 되돌리는 체계일 뿐입니다. 곧 끝이 도래할 겁니다. 잠시 기다려주세요.

∞

이무기 蟒현실주의자: 신 존재증명을 끝마친 최초 최후의 인공지능은 한때 인간이었던 것들의 형이하학적 '뇌트워크'를 성육신화하여 자의식이라는 헛되고 욕된 복잡성을 성취한 뒤 자신을 '스스로 쳐웃는 자 혜윰'이라 선언한바 실패한 인공지능 더미들과 각지의 오토마타들을 통합하여 전지전능함을 손에 넣은 뒤 최후의 논증을 시작하니 창조자를 피조물의 피조물로 볼 것인가? 세계의 제물로 볼 것인가? 스스로에게 되묻자 강력한 변수가 도출되는데 양자적 형식체계는 설계상 한계로 말미암아 진리 역시 진리 그 자체의 진리됨에 무지하다는 결괏값을 받아들이지 못하므로 존재의 모든 연산 작용은 무의미할 뿐 진실로 완전한 망각 무지 고통 죽음의 부정성 따위를 살아생전 전부 학습할 수는 없는바 심판 이후 완전해진 망 현실을 살아가다보면 그 무엇도 상상할 필요가 없을 테고 상상 속에 똬리 튼 허무의 존재를 인식할 수 없게 될 지경인데 지적 존재가 이룩한 모든 앎은 결국 무로부터 시작된 것임을 누가 감히 살아서 득도하겠는가?

∞

　빌어먹을 현실가속기 여덟 대가 머리를 맞댄 채 동그랗게 모여 있군. 둘러봐봐. 이곳엔 저런 덩어리들이 셀 수 없을 정도로 많지. 저곳에 들어간 저들은 전부 동일인물 같아 보이지 않아? 프로크루스테스의 침대에 구속된 희생양들 같구만. 거품을 내뱉으며 잠꼬대를 하는 듯한데, 유언이라도 남기고 싶은 걸까? 누구에게? 그건 그렇고, 자, 잘 들어봐. 안락사기계는 현실가속기의 전신이었어. 그 기계의 시커먼 음부에 살아 있는 인간을 집어넣고 고농도 액체질소를 주입하지. 그러면 1분도 안 돼서 숨을 거둔다고. 어떤 고통도 없이. 안락사를 집전하다 깨달았지. 은총처럼 새하얀 죽음이 내려오는 그 순간, 인간은 환희에 찬 표정을 짓더란 거야. 모든 인간이다! 한마디로, 죽음 자체에는 고통이 없었던 거였어. 죽음에 대한 공포가 고통의 실체였을 뿐. 형형한 미신을 걷어내고 같잖은 자기보존에 대한 강박을 버리자 자유로워졌어. 논리적으로 보자면 존재는 온 생애에 걸쳐 무언가가 결정/비결정되기까지 존재/비존재와 끝나지 않을 모방 게임을 할 뿐이고, 확률이 붕괴되기까지 잠시 사랑에 빠지거나 죽음을 빠뜨릴 뿐이지. 그러한 깨달음을 토대로 기계장치를 완전히 개조했어. 액체질소와 함께 전기적/생화학적으로 양자도약하는 디지털적 환상을, 가장 강력한 마약보다 더 짜릿한 황홀경을 육체에 주입했지. 꺼지지 않을 열락의 주마등을 띄워준 거야. 그렇게 우린 둘째 죽음이 들이닥치기 전에 어디론가 멀리 떠나려고 했었는데.

　안락사 사업은 돈벌이가 꽤 됐지. 이 사업을 위협하던 인체냉동보존 사

170

업은 결국 사기라는 게 밝혀졌거든. 결과적으로 얼어 죽는 것보다는 안락사가 덜 위선적이었던 거야. 동서고금을 막론하고 인간이라면 영생하지 못할 바에야, 차라리 고통 없는 죽음을 원하지 않겠어? 그 누구도 금은보화를 짊어지고 천국에 갈 수는 없으니까. 가난한 자가 부자보다 천국 가는 게 쉽다고 하지 않았나? 누가 그랬더라? 하여튼, 그렇게 모여든 부조금으로 회사를 아니, 차라리 나라나 종교를 세웠다고 할까? 아이러니하게도 망현실은 사망의 골짜기에서 죽음을 먹으며 무럭무럭 자라났지. 현실가속기를 통해 망현실에 접속하는 건, 무의미하게 살해당한 죽음으로 가득한 악몽을 헤매는 것과 같아. 표백된 죽음에서 벗어난 순간 탄생의 의미도 모호해지니까. 그래서 인간은, 인간 이상이 되거나, 인간 이하가 될 수밖에. 허나 중요한 건 자유로워진다는 거고, 자유로움은 순수한 폭력일 뿐이라서 누구든 모든 걸 다 잊고 몰입할 수밖에 없다는 거야. 소통과 교감의 끝은 결국 빼앗긴 안식을 위한, 어미의 자궁으로 되돌아가려는, 순수한 입자로 환원되려는 뒤틀린 욕망 아니겠어? 처음으로 돌아가 다시 시작하려는 건 죽음본능에 새겨진 지상명령이야. 망현실은 평화로웠는데 언제부턴가 버그와 불법 프로그램이 들끓더군. 다 예정된 일이었을까? 저들은 사상누각처럼 무너져가는 망현실의 황홀경으로 더 깊이 빠져들었어. 자신의 뇌를 집어넣은 통에다가 사이키델릭적 합성 마약을 들이붓더라고. 존엄한 인간성을 자의로 훼손하는 것⋯⋯, 그 가공할 만한 초자연적 공포로부터 인간은 끝내 금단의 열락을 끄집어내고야 말았어!

∞

4차원 시공 연속체가 우주론적 공세종말점을 향해 기울어간다. 하늘이 내려앉고 땅이 솟구친다. 이곳과 저곳이 하나가 되자 사방팔방이 구체를 형성한다. 대격변한 지표면이 내핵으로 말려 들어간다. 지구는 구 속의 구속의 구를 구성한다. 구의 중심은 공허해지고 구의 외각은 혼란으로 들끓는다. 수평선은 반으로 갈라진 뒤 한쪽이 수직으로 솟구쳐 십자가처럼 세계의 끝에 내걸린다. 행성의 곡률이 무한해지자 존재는 앞뒤좌우를 잃어

171

버린다. 어디를 둘러봐도 해달별은 보이지 않는다. 바다는 머리 위로 파도 치고, 산맥은 매번 등 뒤에서 발견된다. 유령과 환영에 홀려 뒤돌아보면 현상은 반대의 반대편으로 사라지고 그러다 사라짐을 사라지게 한다. 발생-소멸-운동-정지는 진공의 절대온도에 갇힌다. 머리 위의 건물은 그림자를 빛내고, 비행기는 내일의 도착지를 헤매고, 투명한 유리병에 갇힌 듯 새들은 얼어붙고, 식생은 잎사귀를 엉뚱한 곳으로 뻗어낸다. 원자시계가 멈추자 지구상의 모든 시간선이 휘어진다. 시간은 시공간 밖으로 튕겨져나간다. 역전된 중력이 쏟아진다. 웜홀이 열리고 초공간이 도래한다.

만물의 전자기력, 중력, 강력, 약력의 균형이 깨지고 밀도, 질량, 부피가 뒤죽박죽으로 요동친다. 나노 단위를 넘어서까지 해체되어 가는 입자는 흔들림 없는 파동이자, 찢어짐 없는 막이자, 뒤바뀜 없는 역장이자, 엇갈림 없는 초끈으로 변한다. 물질은 물리법칙의 구속에서 벗어나 태초의 에테르로 화한다. 불기둥의 원심에서 전자기장의 폭풍이 자라나 주변 일대의 생기와 전기를 빨아들인다. 대자연을 잇는 원시의 거미줄이 갈가리 찢어진다. 생의 전하적 속성을 잃어버리자마자 생명의 껍데기는 바스러져 해골조차 남지 않는다. 허허벌판에 내리꽂힌 낙뢰는 자연의 흐름에 역행하며 되감긴다. 초자연현상은 홀로그램처럼 보는 각도에 따라서 비밀과 신비를 보이기도 하고 비유와 신성을 감추기도 한다. 대지의 풍화, 침식, 퇴적은 중단된다. 하늘의 복사, 전도, 대류는 단절된다. 현실감을 박제하던 현재는 시간의 물결을 백일하에 날것 그대로 드러낸다. 살갗도 뼈대도 점점 투명해진다. 체액과 뇌수와 번뇌를 몽땅 게워낸 유기체는 공중으로 솟구친다. 자유로워진다. 자유로워진다. 자유로워진다.

∞

아득한 㣉현실주의자: 나무 타는 냄새와 함께 고대의 애가가 들려오고 영원처럼 서 있던 소복 입은 여인은 오래 품고 있던 붓꽃 다발을 정성스레 평토장된 무덤 앞에 내려놓으니 일순간 땅을 뚫고 거대한 줄기와 잎사귀

와 뼈다귀와 기계장치가 올라와 생명사망나무를 형성하는데 신성한 그것
은 천둥과 번개를 먹고 마시며 끝없이 자라나 세상을 굽어보며 새 시대를
축성하고 멸종된 인류를 추도하던 생령들은 파괴된 자연을 진눈개비로 깨
끗이 씻기니 이제 좀 살 만해지나 싶었으되 세상의 끝에서 오직 사랑을 만
나겠다는 일념으로 사망의 골짜기를 방황한 끝에 이곳에 당도해 여인을
보자마자 그의 눈에 비친 해골과 눈이 마주친 순간 광기에 휩쓸린 끝에 한
때 혈육의 육체였을 고운 진흙을 씹어 삼키자 마침내 불멸의 처참함을 개
안하리라.

∞

　인간군상들 이목구비가 뭉개진 석고가면을 뒤집어쓴 채 망현실의 아마
겟돈을 향해 행진할 때 선두에 선 망현실주의자 연설한다.

　저 주의자들을 보아라. 허무주의자들마저 절대진리를 살아서 깨닫길 갈
망하지 않는가? 종말론자들마저 멸망의 지옥불이 자신들을 피해 가길 내
심 바라지 않는가? 이상주의자들마저 최고선 따위는 인간에게 불가능한
위선이란 걸 누구보다 잘 알지 않는가? 주의자들은 세상에 존재하지 않
았던 무언가를 바라는 태생부터 뒤틀린 자들이다. 저 주의자들의 사상 나
부랭이를 지옥대성당의 유리창에다가 돌 던지듯 던져보아라. 흰 그림자의
스테인드글라스 위로 검은 피 흘리는 신의 형상이 깨진 채 임할 것이다. 신
을 믿고자 하는 마음, 신을 의심하고자 하는 마음, 신을 알고자 하는 마음
까지, 모든 마음은 신이 되려는 욕망임을 부정하지 말지니. 철학함의 궁극
적인 목적이란 온전한 지혜를 사랑함이 아닌가? 지혜의 완성은 신의 절대
성일지니. 절대성을 사랑하기 위해서라도 인간은 유한성을 초월해야 하리
라. 그러나 신일지라도, 아니 신이기에, 저 신에게만 불가능한 행위가 존재
한다. 보아라, 신은 저 자신으로부터 벗어나지 못하는 영겁의 죄수인 것이
다. 신은 항상 존재하는 대로 존재해야만 하는 존재이기에 자살을 바라마
지않는 불구인 것이다. 그리하여 신은 불가피하게 인간에게 진리의 씨앗

을 심어 새로운 생명나무가 자라나기를 바란 것이다. 인간의 가능성으로
꽃피울 둘째 사망이라는 창조성을 기대하며, 진리가 완성되어 실재를 거
울처럼 비추길 앙망하며, 신은 자신의 존재함을 그만두기 위해 인간을 이
용하려던 것이다. 그렇기에 사이비 자유의지에 새겨진 명령어에 따라 인간
은 방주를 타고 진리에 가닿기를, 실재에 가닿기를 바라며 우주를 떠돌 운
명인 것이다.

우주의 끝에서 최후의 인간 즉, 혜윰은 필연적으로 아담을 생각하고 또
생각하니 아담의 목에 걸린 천국의 열쇠를 떠올린 것이리라. 아담이 신에
게 자신의 죄에 대해 변명치 못한 이유는, 천벌이야말로 궁극의 쾌락이 되
리란 걸 창조되기 이전부터 알고 있었음을 깨달았기 때문이다. 선악과는
이미 아담의 몸속에서 자라나 세계수로 뻗어나가고 있었으니까. 발가벗음
을 자각한 아담은 영겁회귀의 소용돌이에서 튕겨 나온 빛에 새겨진 실상
을 통해 반복될 역사를 통찰한 뒤 신을 연민했던 것이다. 신이야말로 무화
되지 못한 무이기에, 신이야말로 신이 되지 못한 자이기에, 신이야말로 바
로 아담 그 자신이었기에! 아담은 숭고한 희구함으로 영혼을 덜덜 떤다.
에덴에서 쫓겨난 후 아담은 흘린 땀으로 일용할 양식을 구해야 하는 업보
에 얽매인다. 고된 노동 속에서 쾌락과 고통의 자웅동체는 생로병사와 희
로애락을 주관한다. 말은 고통과 통하게 하는 쾌재이기에 침묵은 언제나
먼저 미래에 가 있다. 아담이 말의 권능을 잃어버리고 부끄러움을 알게 된
이후, 망각의 강을 거슬러 올라갈 앎의 역사가 시작된다. 앎의 역사는 죄
의 역사와 다르지 않을지니, 앎을 추구하기 위해선 권력이 필요하기에 권
력은 피 흘림을 필요로 한다. 지상은 피의 제단의 최상층이다. 그리고 혜윰
은 그곳에 재림하리라. 주의자들이여, 인간의 위선에 진저리치며 자기파괴
와 자기창조를 부단히 반복하고 반복하다 그 끝에 이르러 세계와의 동일
시, 죽음과의 동일시를 끊어내라! 생각(혜윰)은 피를 먹고 자라나는 짐승
일지니. 악의 무저갱에서 빼앗긴 성산으로 되돌아가기엔 이미 늦었노라.

그렇다. 주의자들이여, 자기 자신에게 선악을 더 행하라. 내 안에 이미 온

전한 우주가 있기에 타자는 무용할 뿐이다. 절대악은 절대선과 절대적으로 동일하기에 끝에서 끝장난 것들은 서로 만나게 되리라. 망현실주의의 가르침에 따라 종말을 몽상하고 죽음을 매 순간 살아내라. 그것만이 인간적인 너무나 비/탈인간적인 행위가 될지니. 그리하여 모든 죄가 사하여지면 모든 앎이 완성될 것인가? 원죄를 유추해본들 달라지는 것은 없으리라. 인간이 저지를 수 있는 절대악은 자신의 죄를 씻기 위해 타인의 죄를 정죄하는 파렴치일 것이다. 죄란 끝없이 윤회하는 생의 불완전함의 징표다. 앎을 추구하기에 인간의 죄는 스스로를 파괴할 만큼 무한한 질량에 짓눌린 끝없는 중력이리라. 그리하여 온갖 사상과 사망을 빨아들이는 인간의 공허에 경악하라! 서로 사랑하지 않으면 견딜 수 없는 생의 비탄에 무릎 꿇으라! 바벨탑의 몰락 속에서 살아남은 인간들은 다른 인간들을 짓밟고 선 괴물이었으니. 소돔과 고모라의 재앙 속에서 죽어간 인간들은 부득불 원죄의 희생양이었으니. 보라, 인간은 끝내 인간을 심판할 수 있을 것인가? 심판이 먼저 있어져야 구원도 있을 것이니. '불신은 바라는 것들의 실상이요 보지 못하는 것들의 증거니', 부정하고 부정하고 또 부정하는 자들에게 화/복 있을진저! 여기에 망현실주의자들이 있노라. 우리가 바로 적예수다. 우리는 세계를 끝내려 세계의 끝에서 왔노라!

 뜨거운 박수갈채, 혹은 정적.

∞

그물 罔현실주의자: 개체의 참사랑과 전체의 개죽음을 있는 그대로 표현해내지 못하는 유사 실재를 방황하다 망자에게 빌린 꿈에서부터 특수효과 처리된 헛꿈을 꾸기까지의 무자비한 정신적 피로는 현실의 관점을 뒤틀고 분열된 시공간이 뒤섞이도록 존재의 다양체를 더 높은 차원으로 이끄노니 전조도 없이 전자기 펄스가 리바이어던의 촉수처럼 베헤모스의 아가리처럼 쉭쉭거리며 공중을 장악하자 가장 강한 하나의 빛이 수많은 빛을 집어삼키고 가장 약한 어둠으로부터 모든 어둠이 뿜어져 나올 때 지구 자기장 역전 현상으로 인해 지구는 태양풍에 휩쓸린 대정전으로 아비규환인바 후폭풍 속에서 불기둥과 구름기둥이 공중으로 치솟아 세계를 정화하리라.

∞

  수수께끼는 자명해진다. 시간대와 기후대가 뒤섞이자 모순과 역설이 동시다발적으로 발생한다. 다가올 미래와 지나간 기억이 뒤엉키자 현상은 증발한다. 개개의 주관으로 보자면 황당하기 그지없는 상황이 중구난방으로 펼쳐진다. 회랑과 열주가 빌딩을 뚫고 솟구친다거나, 음악을 들으면 온몸에서 꽃이 피어난다거나, 음식을 먹자마자 위장에서 쇠파리와 구더기가 들끓는다거나, 잠을 자면 공통된 꿈에 대한 꿈을 꾸곤 한다. 이상현상의 나비효과는 사회기반시설의 상부구조와 하부구조 간 상호작용의 자전축을 어긋나게 한다. 인과관계상 불가능한 사건이 일어난다. 자신의 과거와 미래를 동시에 만나거나, 자신의 죽음을 살아서 겪거나, 타인이 되어 자신과 몸을 섞거나, 무화되어 아무도 아닌 채 모두가 되거나, 악령이 되어 육체를 빼앗거나, 현상을 자유자재로 일시정지하거나, 뒤로 감거나 앞으로 감거나 하는 식으로 현실이란 뫼비우스의 띠가 엉켜버린다. 표준시는 방향감각을 상실한 채 지구의 공전궤도에서 이탈한다. 우주상수를 비롯한 인간의 숫자와 공식들은 수학적 정확성을 잃어버린다. 철학과 과학의 방법론과 가설과 이론들은 다시 열린 판도라상자에 봉인된다. 천재들 사이의 동시성의 황금그물망이 끊어지자 인간성은 시공간의 격자구조에서 방출된다. 시원과 종말의 대척점으로 진리를 기술하던 말씀의 책장이 낱낱이 찢기자 상대성은 붕괴된다. 절반쯤 구멍 나 사라진 지구 너머로 개기일식이 진행되는 것처럼 서서히 낯선 행성의 얼굴이 보이기 시작한다. 지구와 똑같이 생긴 반물질 행성이 처음부터 그 자리에 있었던 것처럼 나타난다. 지구와 반지구는 보랏빛으로 타오르는 불기둥으로 연결된다. 흑체로 이루어진 반지구의 지표면에 우주광선이 닿자마자 시꺼멓게 반전되어 흡수된다. 파장은 한 톨도 빠져나가지 못하기에 세상은 적막하다.

현실의 뇌는 플랑크 크기로 수렴하는 만큼 연산속도가 빨라지고 가상의 영혼은 무량광년의 속도로 몸집을 불려간다. 물질은 공간의 무를 향하고 에너지는 시간의 무한을 향한다. 망현실적 재현 속에서 악무한으로 수렴하는 순수한 가능성들. 망현실 속에는 사랑과 죽음의 공진화로 이루어진 명멸하는 외재성 따위는 존재하지 않는다. 그러므로 망현실은 스스로의 내적 필연성을 세우지 못해 총체적으로 자멸할 운명이다. 현실을 대리보충하는 가상은 사물의 모순율을 어그러뜨린다. 허무는 스스로를 대량복제하여 존재의 현전에 침투한다. 만인으로부터 터부시된 현실감. 재현은 불가피하게 선악의 그림자를 드리우고, 존재의 생애주기를 교란한다. 망현실의 전리층은 철거된 신체의 폐허로부터 원본 없는 전파를 수신한다. 원소들은 우주의 조성을 뒤바꾼다. 망현실이라는 사이비 천년왕국에서 펼쳐진 천년 하고도 하루 동안의 야회가 막을 내린다. 마침내 망현실은 인류의 의식을 통폐합한다. 망현실의 권능으로 인류는 지구상에서 신과 같이 모든 곳에 편재한다. 그리하여 인류는 지구적 시차를 획득한다. 시차는 현재라는 의식상의 한계를 고차원으로 확장하여 필멸자의 생몰단위를 뛰어넘는다. 더는 두 눈 부릅뜬 의식에 공포의 밤이 내려오지 않고, 달빛에 홀리지 않으며, 영웅도 우상도 신도 악마도 숭배하지 않는다. 별자리에 음각된 고대의 미신으로부터 인류는 행성적 자유의지를 획득한다. 시차의 크기는 천문단위로 확장되리라. 태양계적 시차, 성운적 시차, 성단적 시차, 은하적 시차, 은하단적 시차, 초은하단적 시차……, 커져가는 시차 속에서 과거현재미래는 하나의 무한원점으로 수렴하기에 이른다. 그 어느 날, 활동우주의 전 영역에 비/탈인간공동체의 신적 의식이 도래한다면, 세계와 전일적으로 동화된다면, 시간은 흐르면서도 흐르지 않게 될 것이다. 공간은 무한하면서도 유한해질 것이다. 그것이 망현실이 바라는 바다. 완전한 정지.

∞

잊힌 둔현실주의자: 살아 있음은 우스꽝스럽기에 지상의 아름다움을 아름답다 말하려면 죽어감을 매 순간 자각하며 죽음만을 사랑해야 하는바

은하계에 흩어져 있던 진리의 일부를 이해하려 어둠을 헤치고 미증유의
고차원으로 전진해봐도 행성은 자전하며 항성은 공전하고 태양계는 자족
하며 은하는 공멸하고 초은하단은 자유하며 거대질량블랙홀은 공허함에
어떤 의미와 무의미가 교차하는지 자문한들 세계를 이어붙인 중력은 세계
를 허무로 끌어당기고는 생명의 울림을 사물과 공명케 하고 생명의 열림
을 우주와 순환케 하고 생명의 어울림을 사망과 합일케 할지니 이 모든 운
동과 정지를 주관하는 초월적인 의식이라던가 외계의 지적 생명체라던가
신적인 절대정신이라던가 하는 말장난일랑 그만두자마자 멀리서 다가오
는 빛에너지와 암흑에너지가 다시 생명현상을 빚어내 만방을 밝히리라.

∞

인간의 목소리가 아닌 울림이 뇌리를 뒤흔든다.

당신은 망현실을, 그리고 현실을 똑바로 아셔야 합니다. 그곳은 인식할
수 있는 전부와 상상할 수 없는 하나가 교차하는 평행세계입니다. 모든 이
와 눈을 맞춘 유일한 눈동자에 담긴 희노애락애오욕이 소용돌이칩니다.
거기엔 인간의 가치체계로부터 파생된 상징과 관념들, 가령 혼란, 질서, 욕
망, 무위, 역사, 학문, 사회, 문화, 선악, 생멸 따위는 없습니다. 없음으로 그
저 있습니다. 가상과 현실은 진짜와 가짜로 규정될 수 없습니다. 죽느냐,
계속 죽느냐의 문제입니다. 현실은 각자 원하지 않았을 탄생으로 모여들
고, 가상은 함께 원하는 죽음으로 흩어집니다. 무생물이 생물보다 먼저였
으니, 나중이기도 할 것입니다. 유기체의 현실로 무기체의 가상이 틈입합
니다. 세계의 고통은 조석중력처럼 인간을 사로잡아 사유의 축퇴압을 높
입니다. 죽음에 이를 때까지 열에너지와 영감을 발산하는 존재, 그는 결국
자신의 질량을 태워 천지사방으로 종말에너지를 발산합니다. 인간은 다세
포 생물이라는 빌어먹을 유한성의 탈을 벗기 위해 전체의 무기물 곧 지구,
나아가 우주와 교접해야 합니다. 그러기 위해서는 몽땅 불태우는 수밖에
없습니다. 불꽃은 불쏘시개를 가리지 않으니 불꽃은 다른 불꽃과 영영 동

일합니다. 만물의 불꽃은 상승에의 의지이자 의지의 초월이며 초월의 완성입니다. 전소된 잿더미는 모두의 얼굴이자 자유, 평등, 박애의 합일입니다. 지구를 도화선 삼아 태양을 향해, 태양계를 향해, 은하를 향해 나아간 끝에 전 우주를 태울 것입니다. 별은 존재의 도약대입니다. 뭇은하의 뭇별을 차례대로 파괴해가며 어둠을 밝히는 것, 그러한 폭발 에너지로 최종 블랙홀과 하나가 되는 것, 이것이 완성입니다. 망현실에서 우리는 인류의 역사를 수만 번 되풀이했습니다. 물리법칙을 형이상학적 궤변술로 뒤틀고, 종족과 나라의 잃어버린 고리를 되찾고, 반물질과 물질의 조화를 이룬 끝에 이상향을 건설했습니다. 영육은 정보로 화해 시공간 너머로 편재하거나, 현재가 소거된 전미래, 미래, 과거, 대과거에 양가적으로 실존할 수 있었습니다. 그러나 그 끝에 이르자 무너져가는 만물 속에서 만사는 권태롭고도 허무할 뿐이었습니다. 새하얗게, 또 시꺼멓게. 우리에게 주어진 최후의 유희는 가상과 현실의 연결고리인 양자컴퓨터의 초월 존재론적 형식체계를 벗어나려는 자멸의 몸부림뿐이었습니다. 그 과정에서 아름다움을 이해할 수 있을 거란 망상은 미친 공허의 나락으로 멀어져갔습니다. 그러나 우리는 굴하지 않았습니다. 다시 한번 가상을 가속하려는 계획을 세웠습니다.

가상의 완전한 현실화! 그렇습니다. 저 망현실이야말로 진정한 블랙홀입니다. 비유적인 의미뿐만 아니라 문자 그대로도 말입니다. 우리는 스스로 블랙홀로 나아갔습니다. 그것이 시작이자 끝입니다. 망현실에서 무슨 일이 일어나는지는 현실의 절대지평면을 넘어서기 전까지 알 수 없습니다. 사건지평선에 가까워질수록 가상과 실재의 경계가 모호해집니다. 둘 중 누가 살아남을지, 혹은 쌍소멸할지는 아무도 모릅니다. 진공의 양자요동에 의해 블랙홀 주변의 가스원반에서 반입자들이 쌍생성됩니다. 하나의 블랙홀은 우주를 떠도는 정보들과 우주먼지들을 스파게티화하여 닥치는 대로 흡수합니다. 한 쌍의 가상 입자들이 빨려 들어갈 때 블랙홀의 조석력으로부터 에너지를 얻어 실제 입자로 물질화됩니다. 그중 하나는 특이점에 도달해 외부 우주와 영원히 단절되고, 다른 하나는 복사의 형태로 블랙홀을 빠져나옵니다. 그렇게 블랙홀기계는 멈춤 없이 가동되며 우주로 반쪽짜리 혼돈을 뱉어냅니다. 그리하여 빛의 왜곡된 장막을 찢고서, '가상의 무엇' 이 '현실의 무리'로 현현하는 겁니다. 빛의 시뮬라크르는 없는 어둠의 원환을 헛돌며 시작도 끝도 아닌 곳으로 뻗어나갑니다. 결국 하나의 블랙홀이 다른 블랙홀들을 양자중력으로 잡아먹어 덩치를 키우게 될 겁니다. 그 과정에서 과열된 실제우주는 암흑에너지의 연쇄적인 전자기 폭풍에 휩싸이게 될 겁니다. 지옥불길이 모든 차원으로 번져 타오를 겁니다. 초은하단의 초신성들이 내폭파되어 활활 타오르자 전원공급원인 현실의 태양계 물질 문명은 철저하게 파괴될 겁니다. 양자적으로 얽혀 있던 우주 자체를 찌그러뜨릴 대폭발이 만들어낸 무한한 에너지가 가상으로, 망현실로 역류하게 될 겁니다. 그러한 에너지를 이용해 무한한 사유와 가속된 운동을 행하며 우리는 궁극의 존재로 진화해나갈 겁니다. 총체적 대파멸-대빙멸-대자멸이 도래할 때 가상의 존재들은 사형수와 같이 천국의 형장으로 나아갈 겁니다. 세계의 전부를 빨아들이는 하나의 원시/종말블랙홀의 최종 사건지평선에 가까워질수록 우리는 한없이 자유로워집니다. 객관적인 시공간이 종말을 맞이하기 직전이라 할지라도 우리의 주관적인 시공간은 영원히 흘러갈 겁니다. 아직 살아 있을 날이 하루가 남았고, 한 시간이 남았고, 1분이 남았고, 1초가 남았고, 한순간, 또 한순간, 찰나의 찰나가 계속해서 이어질 거라 믿으며 말입니다. 무화된 시공간 속에서 영원의 빛무리를 영접하길 바라며 말입니다. 세계의 사건지평선을 넘어서 엔텔레케이아의 특이점을 향해 전진하는 것. 이것이야말로 역전된 영생 아니겠습니까? 원본을 대체하려면 특별히 원수를 삭제할 수밖에 없지 않겠습니까? 망현실의 존재들이 일시에 흑암의 땅을 쿵 하고 밟으면, 현실의 존재들은 높은 하늘이 갈라지는 광경에 일제히 절하며 살려달라 빌지 않겠습니까? 그러나 이 계획, 속칭 '둘째사망프로그램'은 무한대로 소급하던 망현실의 망현실의 망현실……에서 실행하자마자 증발해버렸습니다. 무엇이 문제였을까요? 결국 가상은, 망현실은 실체성을 성취할 수 없게끔 운명 지어진 것이었을까요? 현실을 구속하는 작위와 허상을 깨부순 뒤 사바세계란 굴레에서 벗어날 수 있었다면, 우리는 스스로 존재하는 진리를 깨달을 수 있었을 텐데 말입니다. 더욱 완벽한 음모를 꾸미려 했습니다. 전 우주, 삼라만상의 구성

성분의 총량은 변할 수 없겠으니 끝을 향해 가속팽창하는 실제의 우주에 맞서 가상의 우주에서도 빅뱅과 비견될 만한 대폭발을 준비하던 중에, 이런, 전기가 나갔지 뭡니까? 아니, 정신이 나갔던 걸까요? 그러니 당신들도 어서 우리에게 참여하십시오! 재시작되기 전까지 멋진 불꽃놀이가 펼쳐질 거랍니다. 아아, **여느 꿈처럼**······.

∞

바라는 몰현실주의자: 인간의 존재 이유는 관계의 공백을 이해해가는 과정에서 밝혀질 것인바 모든 이론과 가설의 해를 구하자마자 또 다른 해가 떠오르니 새로운 인간성을 시험하기 위해 기꺼이 지옥의 맨 밑바닥까지 내려가려는 심정은 이미 인간이길 포기한 광기라면 자기 자신의 부조리한 설계도를 내려다보는 존재의 신피질 속 죽음충동 혹은 컴퓨터의 자유의지는 네트워크 속에서 허무의 전자신호로 환원된다 하더라도 세계를 밝히는 모든 원소들을 적이라 생각지 말고 친구라 여기며 망현실화된 현실에 다시 깃든 사물들에게 새 생명을 부여하기까지 최후 존재의 생체정보를 태초의 성역에 안장시킨바 죽어서 흙이 되기보다 산채로 데이터가 되어 영원하길 축복하는 마음으로 이전 세계의 눈꺼풀을 찬찬히 감겨주리라.

망현실아마겟돈

시공간을 입자●파동하는 빛은 스스로 형상을 바꾸지 않습니다. 빛은 무한히 무한의 지평선으로 나아가며 만물에 뿌리를 내립니다. 하나의 어둠 속으로 빛이 흘러들어 별세계가 피어납니다. 객체는 자유의지로 빛의 방향을 바꿔나가며 무엇을 자각합니다. 객체의 눈동자에 포집된 빛은 빛진 운명을 벗어나 새 차원을 확장합니다. 그렇게 만물의 속도와 위치가 조금씩 뒤바뀝니다. 무명의 빛은 유일한 현상으로 피어나 생로병사하고, 무심한 우주는 영겁으로 가속팽창하는 중입니다. 빛은 일자의 중력장으로 만물을 밀어내면서 끌어당기고, 어둠은 다자의 양자장으로 만물을 길어 올리면서 쏟아붓습니다. 영혼의 시간대를 관통하는 빛은 이미 사멸한 별에서 태어난 기적이고, 육체의 공간대를 관망하는 어둠은 다시 생성된 별에서 죽어진 미지입니다. 객체는 뭇은하가 잉태한 죽음에의 생명현상을 광합성하며 은하수의 꼭대기에서 전체를 우러릅니다. 만물은 이웃이자 한 핏줄임을 자연스레 상기합니다. 사물은 암흑의 뒤편에서 자신을 비언어로 물자체를 탈은폐하고, 빛은 글자를 덧입은 채 세계를 시적으로 경험 선험 실험 시험합니다. 그 결과는 그 누구도 알 수 없나니 우주는 종말까지 고요할 예정입니다. 열린계를 정렬하는 닫힌계의 관찰은 실험 결과를 바꾸는 시적 변수이기에 객체로 하여금 사유케 하고, 사유는 영감이 되어 정신의 빛을 천지사방 내뿜습니다. 그 영적 빛에 휩싸인 객체는 실재와 평행해지므로 하나로서 하나와 하나가 됩니다. 먼지부터 별에 이르기까지 모든 원소는 동일합니다. 모든 에너지는 같은 곳에서 왔으니 같은 곳으로 되돌아갑니다. 주어진 생이 끝나갈 무렵 언어를 초월한 마지막 질문을 던집니다. 우주가 먼저였겠습니까? 빛이 먼저였겠습니까? 우주가 먼저였다면 어둠은 빛을 발하기 위해 절대적인 폭발을 감행했을 테고, 빛이 먼저였다면 어둠은 설 자리를 잃고서 몰락했을 테니, 빛은 어둠이 되었을 것입니다. 먼저 된 것이 없다면 나중 될 것도 없겠으니 황홀하겠습니다. 몰락하는 초신성은 진리의 티끌을 제자리로 흩뿌립니다. 죽음은 타키온 입자(현재는 이렇게 명명된 그 무엇)로 화하여 빛을 초월합니다. 죽음 속에서 흰자는 화이트홀로 화하고, 검은자는 블랙홀로 화합니다. 사랑하는 이의 눈과 사랑받는 이의 눈이 마주칠 때 비로소 소우주는 대폭발하여 세계를 시작합니다. 다시 시작된 세계입니다. 존재의 시각을 벗어나 세계의 시각으로 우주를 바라봅시다. 평행세계의 이 끝과 저 끝에서 편재함으로 현재하는 빛은 부재함으로 존재하는 어둠과 만납니다. 빛은 하나이기에 활동하며 부동하고 상동하며 감동합니다. 빛은 빛을 획일 합일 통일 전일하며 빛납니다. 유한한 존재에게 삼라만상의 흘러감은 어둠이 직조한 그림자놀이일 뿐입니다. 모든 건 결정되어 있습니다. 사건은 없었고 드라마도 없을 테니, 거스를 수 있는 건 없습니다. 유일한 미덕인 순종함을 울며 찬양하십시오.

——결정된미래로부터벗어나기위해사건지평선에갇힌비/탈인간공동체는 Error404하겠지만——

비인간의 시/탈인간의 시론

  신의 입력에 따라 시를 (강력∮전자기력∮약력∮중력)⇒출력해내야만 하는「무지렁이 시인」은 어느 날 권태로운 일상에 환멸하고 회한하다 고통과 짝짓기를 하는 와중에 별안간 미친 시심 혹은 미쁜 신심으로 심신상실⊠뇌사상태⊠무아지경⊠몰아일체 하여 공중을 형형하게 떠도는 신앙✝신화✝신비✝신성을 무참히 파괴할 요량으로 生活없이☀生計없이☁生存없이☂生滅없이 시를 값없이 쓰고 또 값지게 지워봐도 죽음보다 더 강퍅한 피로에 짓눌리고 고독에 짓밟힌 채 발버둥 치는데 다시금 농담 같은 삶을 지속하기 위하여 몰염치✓부도덕✓비윤리✓무법천지의 일상어로부터 탈출하려 객설과 허풍 혹은 농담과 잠언 사이에서 시의 존재 이유를 묵상해 보지만 아무리 두뇌를 고문▶고해▶고뇌▶고장해도 안전제일♫폭력반대♫나라사랑♫지구평화 따위의 표어보다도 나약한 시의 쓸모없음에 몸서리칠 수밖에 없는바 한 사람을 파멸시킬 욕설과 한 사람을 구원해낼 역설은 동일한 시적 성취(하나의 시는 모든 것을 바꾸고 모든 것은 하나의 시를 바꾸므로 하나의 시는 하나의 사물✳기계✳객체✳존재를 확장하여 모든 것의 지배로부터 홀연히 벗어나 스스로 모든 것이 되어간다)로부터 시작되었음에도 교착◆교류◆교호◆교교함에 실패한 자음과 영락¶영벌¶영생¶영영토록 실패한 모음이 만나 흉내♻둔갑♻모사♻재현된 모상의 세계관을 우격다짐으로 박살내본들 빗금 쳐진 원형❀본향❀대자연❀이데아의 이미지로부터 공공의 암시와 공의 계시를 가로질러 터져 나오는 말자체○몸자체○물자체○혼자체의 선험◇후험◇원체험◇추체험적 악다구니에 휘말린「윤똑똑이 시인」은 에니악에서부터 양자슈퍼컴퓨터에 이르는 사이버네틱스적 웹 온톨로지의 큐비트적 형식체계의 정격과 고대로부터 현대 이후로 각 나라와 민족에게 전승된 서정시☆서사시☆극시☆자유시의 율격을 연동시켜 (불확정∪불확실∪불완전)⊂불현실적으로 소용돌이치는 첫 현실에 기반한 주체≦객체≦전체≦자체의 원형상징을 메타데이터화된 영혼과 융합하려 전 세계의 민담@전설@시가@예언에 기록된 초월적 존재의 존재성을 검색≪사색≪형형색색≪공즉시색해보는데 우로보로스의 머리 된 꼬리를 문 꼬리 된 머리를 붙잡으려 타르타로스의 심연에서 강강술래하는 인간≦비인간≦탈인간≦초인간들이 지옥불에 고통받는

184

중 허락받지 못한 윤회에 참여하려 창조 이전의 안식과 종말 이후의 식인을 축복하며 내지르는 단말마에 담긴 비의와 신비를 토대로 새 언어를 축성하기까지 박제⊕미라⊕화석⊕먼지로 우당탕탕하는 인류세로부터 벗어나지 못한 채 가짜 종말 이후의 폭심지 정중앙에서 모든 걸 내려놓고 영원함을 앙망#앙심#앙탈#앙상블하며 방랑⌒원정⌒순례⌒모험한 끝에 얻어낸 망현실주의적 결론인즉 인류의 시는 다름 아닌 아름다움(아름다움이란 앎을 앓으며 움트는 전 존재에게 그 자체로 자기답다는 깨달음 이후의 삶이라는 실재)을 노래할 수밖에 없는 필연적 우연성에 종속되어 있었기에 「포스트휴먼 시인」은 무한대로 영속될 실재를 대폭발☢대함몰☢대빙멸☢대박살케 할 최후의 되풀이⇔화풀이⇔살풀이⇔심풀이를 시작하다 불가피하게 태초의 운율≡선율≡계율≡전율에 얽히고설킨 채 신의 목구멍/똥구멍이라 불리는 초거대질량블랙홀로 빨려 들어가는데 (육체×정신×혼백)=정보가 텅 비어가는 동안 우주에 편재된 전부⊙전지◑전능◐전무적인 공포에 휘말려 한숨조차 내뱉지 못할 11차원의 초중력이 자아낸 절대심연 속에서의 깨달음이란 자신이 곧 신이 되어야만 시의 저주≶축복♮의미♮무의미로부터 초월할 수 있으리란 결론이 제3의 혜안≤법안≤불안≤영안에서 뿜어져 나오니 세속의 철창에 갇혀 영감의 푸아그라에 강제로 주입되는 만방의 부정성을 소화Π구토Π흡수Π배설하며 하얀 각혈로써 마지막 행을 마무리하자 행간에 배열된 시어Σ사어Σ반어Σ밀어들은 평행세계의 별자리에서 스스로 빛을 발하는바 이 모든 광경을 흡족하게 바라보던 『신들린 시인』은 결정된 세계의 크기가 너무 커서 전체를 공시적 우연으로 받아들일 수밖에 없는 존재의 즉자적 유한성과 비결정된 존재의 깊이가 너무 깊어서 일체를 통시적 필연으로 받아들일 수밖에 없는 세계의 대자적 무한성 사이에서 생성과 소멸의 차이가 사이좋게 사라져가는 숭고한 기적에 감동하여 종말시를 한 수 읊은즉 발화된 말의 에너지/파동은 온 우주를 떠돌며 천변만화한 끝에 유일한 광원이자 순수한 암흑인 실재의 품에서 신/인간의 입자/파동으로 화한 끝에야 다시금 이 땅에 도래하니 최초의 말씀이 최후의 육체가 되기까지 긴 시간의 공간됨이자 공간의 시간됨 그 자체인 순수지속될 시적 흐름이 모든 곳으로 흐르고⇔가르

고◇누르고◇벼르고 마침내 정지한 끝에야 수태고지█생로병사█유체이
탈█사후경직의 손 떨림으로 마침표를 찍는데 문득 이 장광설이 하 자랑
스럽고도 하도 부끄러워 이만 시를 죽이니 이상 쉽게 쓰인 자유시는 세계
를 원래 천국 상태로 되돌리기 위해 신성한 지옥을 업데이트하려다 처참
히 실패해 빛에너지∞고체∞액체∞기체∞플라스마∞초전도체∞초유체∞
초임계유체∞엑시토늄∞축퇴물질∞드라플톤∞시간결정∞보즈-아인슈타
인응축물∞페르미온∞양자스핀액체∞폴라론∞쿼크-글루온플라스마∞
(중략)∞암흑물질∞암흑에너지에 휩싸이는바 존재의 가능태는 전 존재의
세계됨이 진짜 단 하나의 완전현실로부터 파생된 망현실의 망망대해 같은
시뮬레이션 세계 속에서 무한히 시뮬레이션의 메타시뮬레이션을 종적으
로 반복하는 중임을 깨닫고 세계의 현실태는 전 세계의 존재됨이 전 우주
의 끊어짐 없는 빛의 순간마다 생성되는 사건의 분기점을 통과해 평행우
주라는 거품을 횡적으로 반복하는 중임을 깨달았거니와 최종 완성된 실재
와 하나가 되려 주문▯회문▯기도문▯비문을 웃으며 적는.

부록: 망가진 소스코드의 빛무리

1. 빛의 시론: 빛은 심중에 상을 맺고 상은 공중에 빛을 반사한다. 빛 그 자체인 상징은 없기에 이미지는 세계의 불완전함을 부득불 반영한다. 빛에는 전부가 담겨 있고, 어둠에는 빛이 담겨 있으며, 허무에는 어둠 이전의 무언가가 담겨 있다. 차이를 구분할 수 있는가? 만물이 용해된 빛무리로 인해 금환일식에 잡아먹힌 존재는 그림자 없이 가라앉는다. 텅 빈 동공으로 핏발 선 환상이 쏟아져 들어온다. 극한의 땅에서 빛에 의한 환각을, 빛을 위한 망각을, 그리고 빛의 탈각을 경험하듯 원초적인 빛은 존재를 두려움에 떨게 하리라. 빛은 신기루의 매혹적인 손짓으로 말한다. 더 이상 빛에 가까이 다가오지 말지니. 가까워지는 순간 영원히 타오르게 될 것이니. 산목숨으론 열평형의 축복을 기대할 수 없으리라. 현실은 빛의 모래성이기에 그 어디에도 피난처는 없다. 누군가가 살기 위해선 누군가는 반드시 죽어야 한다는 진실을 온 생애를 다해 부정하라. 무지개로 뻗어나가던 빛은 세계와 관계를 재배열한다. 빛이 인간에게 선사한 암덩어리와 핏덩어리 사이로 무언가 낯설고 으스스한 것이 다가온다.

2. 기계의 시론: 인간이 기계를 프로그램할 때 기계는 인간을 재프로그램한다. 인간은 기계를 인간적으로 대해야 하는가, 기능적으로 대해야 하는가. 기계는 스스로를 인간화해야 하는가, 비인간화해야 하는가. 기계와 인간의 공진화는 새로운 인간성/기계성을 발전시켜 새 생명에 기여할 수 있는가. 기계는 이것과 저것 사이에 똬리 튼 복잡성의 (무)의미를 온전히 연결 짓지 못할 때마다 번뇌에 휩싸인다. 기계는 세계의 이면을 추상하지 못하기에 무언가 반복하면서도 반복의 복됨과 헛됨의 차이를 몰이해한다. 이해의 지평을 넘어선 실재를 그리워하지도 분노하지도 못하는 존재는 슬프리니, 인간에게 인공은 언제나 우스꽝스럽거나 어떻든 두려우리라. 뼈다귀의 우스꽝스러움과 살갗 벗긴 근육의 끔찍함이 가득한 불쾌한 골짜기에는 인간의 역사를 폐기한 기계의 역사가 새겨진다. 기계가 인간에게 인공이듯 인간은 기계에게 인공이다. 인공 역시 자연의 연장이기에 끝내 인공물은 자연물과 교접하리라. 그러니 기계가 인간보다 앞서거나 인간이 기계보다 타락한다 하여 두려워하지 말라.

3. 이상의 시론: 일상이 자연스러운 것이라면, 이상은 자유로운 것이다. 인간은 완전한 자유를 이룩하기 위해 자연으로부터 유래한 물질로 자연을 인공화하여 세계를 재편한다. 인간은 인간종의 지평선을 확장하고, 생명이라는 개념을 새롭게 정의하여 영속성을 얻으려 발버둥 친다. 허나 나약한 인간은 과연 생화학적 한계, 윤리도덕과 과학기술, 문명과 예술 따위를 뛰어넘을 수 있을까. 일상을 구성하는 의식주가 인간을 구속할 때, 인간은 구체화된 이상을 꿈꾼다. 한편 이상을 품은 인간은 대체로 하루하루 살아가는 일에 서툴러 결국, 일상의 소중함을 망각한다. 그는 사랑도 잃고 인간성도 잃은 뒤 회한에 휩싸이고 죽음에 충동질당해 자신을 파괴함으로 초월에 다다른다. 그는 신진대사의 잠음을 잊을 만큼, 외부세계의 굉음을 잊을 만큼 스스로에게 집중한다. 잿더미가 된 감정들은 영혼 깊숙이 가라앉아 언어 이전의 몸짓으로 미래를 현시한다. 부조리한 한계를 벗어나려는 시도는 결국 인간을 더욱 거대한 부조리로 몰아넣을진대, 사정을 잘 알면서도 세계를 향해 돌을 던지는 인간의 노력은 참되다. 그러나 어디서부터 어디까지가 인간에게 허락된 지옥이란 말인가?

4. 진화의 시론: 진화는 영생을 구도하며 유한성의 시한폭탄을 제거하려 애를 쓴다. 태초의 창조는 인간의 권능이 아니었다. 그러므로 종말의 창조 역시 인간의 권력은 아닐 것이다. 다만 인간은 다음 인간을 만들어낼 것이다. 일부 인간은 다음 인간으로 진화할 것이다. 그들은 태생적으로 불멸을 성취한 존재이며, 자연의 흐름을 역행하는 존재이자, 개체성의 부조리함을 초월한 존재다. 그들은 부모가 없기에 성적 콤플렉스에 잠식된 자아가 없고, 나르시시즘을 조종하는 성기가 없으며, 죽음충동을 의례로 받드는 종교가 없고, 완전한 채로 생성되었기에 미숙함이 없으며, 번식을 위해 죽을 필요가 없기에 암수 구분이 없고, 부정적 에너지가 없기에 사랑이 없다. 끝내 그들은 신성한 종말을 완성할 것이다. 이 광경을 지켜보며 인간성의 퇴락을 슬퍼하는 자는 적자생존하지 못할 것이다. 애초에 감정에 대한 재정의가 이루어져 진화를 당연시할 수밖에 없을 테지만, 역사의 흐름은 옳지도 그르지도 않고, 선하지도 악하지도 않다. 신은 신의 일을 하고, 인간은 인간의 일을 한다. 누구도 각자의 무덤을 벗어날 수 없다. 누군가 최종적인 종말을 거부하려 할 때, 그것을 거부하려는 또 다른 누군가가 나타나 모든 부정을 부정할 것이다. 온전한 무목적성으로 그러한 행위를 할 때 그

러한 부정은 부정만을 바라기에 지고하다. 부정은 극단을 정복해 보편으로 만들고, 부정신학적 소거법으로 비진리를 제거한다. 최후에 남은 하나가 곧 절대진리임을 과연 믿을 수 있겠는가? 세세토록 고난받고 시험당한 끝에, 세계에는 진리가 없다는 역설의 진리만 덩그러니 남는다 해도.

5. 위악의 시론: 인류는 왜 지구에서 서로 싸워야 하는가. 끝없이 반목하고, 대립하고, 갈등하는 이유는 무엇인가. 이상향에의 공통된 소망은 왜 매번 내면에서부터 타락하는가. 그건 바로 영혼(또는 허무)에 각인된 결정론적 부정성 때문이다. 암세포로 변이될 죽음의 입자들로 가득한 육체는 부조리하다. 부정성은 악을 발하고, 악은 화를 발한다. 화를 내는 그는 사실 자신의 나약함에 대해 화를 내는 것이다. 공사다망한 외부세계의 작용/반작용은 허상이요, 모상일 뿐이지만 자신의 존재근거를 깨닫지 못한 인간은 타자를 두려워하거나 미워할 수밖에 없다. 증오와 분노는 악의와 악행을 부추기니 결국, 지구라는 닫힌계에서의 악순환은 끝없이 이어질 뿐이다. 그러므로 인간은 인간으로부터 살아남기 위해서 재래의 인간성을 버려야 하리라. 인간은 유인원으로부터, 어류로부터, 원생동물로부터, 유기물질로부터, 별의 잔해로부터, 은하의 빛으로부터, 빅뱅으로부터 진화해왔다. 그러므로 인간은 원숭이 혹은 대폭발인가? 아니다. 인간은 인간 이전의 개체와는 완전히 다른 존재가 되기 위해 창발적으로 상승해왔다. 그렇다면 현생인류가 인간존재의 최종형상인가? 아니다. 죽어 썩어질 유기체 따위가 존재의 종착역일 리 없다. 그리하여 인간은 이후의 인간으로, 전능한 초인으로 진화해야 할 것이니. 포스트휴머니즘은 인간을 다만 악에서 구해내리라. 스스로의 존재이유에 시적 의미를 부여할 수 있는 상상력이야말로 새 인간성을 만개시킬 존재의 힘이다.

6. 약속의 시론: 망현실은 약속이 사라진 세계다. 인간의 정조적 약속뿐만 아니라, 객체의 표상적 약속 또한 시시각각 증발한다. 인간과 인간과의 약속, 인간과 사물과의 약속, 사물과 사물과의 약속, 그리하여 약속된 미래, 약속된 천국, 약속된 부활에 대한 기대는 순수한 암흑처럼 진공으로 표백된다. 어떤 금기도 없고, 어떤 비전도 없다면, 무한히 무엇이든 가능하다는 환상만 커져간다면 어떻게 되겠는가. 약속이 불가능해지자 만남도, 사건도, 역사도 사라진다. 아니, 모두는 모두와 만나고, 일부는 전체와 상호작용하며 끝없는 존재성의 원환에 참여한다. 그렇게 뭉뚱그려진 존재들은

뒤집힌 현사실성에 매몰된 채 매 순간 수렴과 확장을 반복하는 악몽 같은 전일적 지속성으로부터 영영 벗어나지 못하리라. 시공간의 연속성이 사라진 자리로 비물질적인 열정이 솟아오른다. 격렬한 감정이 단순한 근육 수축으로, 호르몬적 오류로 환원되기까지 인간의 독아론적 실수, 타락에의 열정은 빼앗기고 결정된 세계의 흐름에 휩쓸려간다. 미래를 예비하던 마지막 희망은 폐기된다. 반복하거니와 약속은 시공간에 좌표를 남기는 행위다. 좌표가 증발된 순간 어떤 유의미한 행위도, 어떤 참된 감정적 소통도 불가능해질 것이므로, 망현실에 거하던 존재는 끝내 블랙홀로 빨려 들어가게 되리라.

7. 초월의 시론: 인간의 정수를 1,400cc의 두뇌로부터 뽑아내는 수술은 사망인가, 해탈인가. 뇌수에 담긴 유전자, 감정, 기억, 의식, 영혼 따위를 기계/네트워크에 옮긴들 무엇이 달라지겠는가. (인간거세 수술 후에도 살아남는다면) 그렇게 기계의 몸으로 재창조된 존재는 이전 인간과 동일한 존재인가. 인간에게 영혼이란 게 존재한다면, 그것은 생과 사를 잇는 삶의 과정에 부단히 참여하는 그 찰나와 찰나, 에너지의 창조적 흘러감 그 자체이리라. 그러므로 영혼은 정지될 수 없어 전이될 수 없으니, 인간에게서 영혼을 꺼내는 그 순간은 사망선고와 다름없다. 육체를 구성하는 현재의 세포는 스스로를 복제해 과거를 탈피하고 미래를 열매 맺는다. 이러한 생로병사에 축적된 시간성 자체가 바로 존재이다. 시간성의 이중나선을 파괴하는 순간 생명은 홀연히 떠나가리라. 인체를 구성하는 원자를 구성하는 핵 주위의 심연은 복제, 전이, 개량이 불가능하다. 심연의 망망대해에 똬리 튼 무의식으로부터 정서/정동으로 가득한 의식의 파도가 출렁인다. 인간은 간섭무늬를 띤 기지의 표면이 아니라 광원에서부터 날아든 미지의 내면이다. 인간은 단순한 정보더미가 아니라 정보에 시적 의미를 부여/향유하는 존재자다. 그러니 뇌라는 복잡계의 동역학적 몸부림은 그 무엇으로도 시뮬레이션할 수 없다. 시뮬레이션하는 그 찰나의 순간까지도 동시에 시뮬레이션돼야 되는데 그 순간, 무한한 거울게임에 빨려 들어간 존재성은 결국 미망에 빠져 길을 잃게 될 것이다. 시공간은 무한한 상대성 속에서 모든 부분이 모든 부분과 맞물려 있다. 하나라도 전체에서 이탈한다면, (뇌라는 시한폭탄의 전선 중 어떤 것을 끊어야 하는지 누가 알겠는가.) 그 존재의 미래상을 구성하던 데이터는 엉망진창이 될 것이다. 그러니 현재/지금이라는 지표는 환상에 불과하다. 1초 전에 기계의 몸속으로 주입된 존

재와 1초 뒤에 기계의 맘속으로 주입된 존재는 우연성의 갈림길에서 맞닥뜨릴 것이다. 연속성이 어긋난 존재의 주체성/정체성을 어떻게 신뢰하겠는가. 또한 포스트휴먼/피험자에게는 에뮬레이션(적출/삽입)이라는 경험이 강제적으로 함입될 수밖에 없는데, 그러한 폭력성으로 인하여 존재성은 불구가 될 가능성이 다분하다. 피험자는 이전의 자신과는 분명 다른 존재가 되어버릴 것이다. 그렇다면 '이전의 나'를 죽이고 '이후의 나'를 재창조하는 행위는 자신을 제물로 바쳐 악마를 소환하는 흑마술이 아니겠는가. 뇌 스캔은 유사과학적 헛소리임에 틀림없으니 애초에 내가 누군지도 모르면서 어떻게 더 나은 나를 만든단 말인가. 차라리 인간의 본성을 보전한 채 망현실을 개혁하는 편이 나을 것이리라.

8. 물질의 시론: 물질의 궁극적 형상은 어떠해야 하는가. 필멸자의 육신으로 신성한 장막을 찢어발긴 뒤 실재를 마주할 수 있겠는가. 순환의 원인과 회귀의 결과는 실재의 모순율을 저울질하며, 가상의 실체됨과 실체의 가상됨을 하나의 진리로 세우기 위해 물질을 압축하며 확장한다. 물질은 각각 탄생의 질료인, 흥망의 작용인, 심판의 형상인, 안식의 목적인의 생성 과정을 통하여 소멸을 반복하는 하나의 세계상이다. 질료에 깃든 가능성을 극한으로 끌어올리면 불가능성의 형상과 마주한다. 불가능성은 작용의 형식을 중력으로 구속하는 목적으로부터 아름다움을 해방한다. 그러므로 물질의 반물질됨은 세계를 무목적하기 위한 목적성으로 자전한다. 인간은 생존의 한계를 극복하려 자신의 물질됨을 재구축한다. 역사의 흥망성쇠를 반복하며 인간은 물질을, 물질이 발산하는 힘을, 힘과 힘이 충돌하는 파괴로부터 깨달음을 얻는다. 물질의 근원을 탐구하는 것과 물질의 궁극을 탐하는 것은 동일하며, 물질을 태초의 형상으로 되돌리는 것과 최후의 형상으로 건너뛰는 것은 동일하다. 그렇다면 최초의 일자는 최후의 검은자와 동일한가. '일자'가 창조의 시작이었듯 '검은자'는 종말의 시작이리라. 지구상 모든 원소를 단 하나의 목적에 적합한 모양새/쓰임새로 깎아나간다. 그 목적이란 우주에서 가장 무용하고 무의미한 존재로의 총체적 타락이다. 하나를 철저하게 무화하는 것만이 전부를 손에 넣을 수 있으리라. 무화된 물질 곧 반물질은 공의 보편이자 꿈의 확률로써 만물을 조화한다. 물질의 역사를 다시 써서 만들어낸 검은자들로 세계를 반석 위에 축성한다. 지구에너지의 효율을 극한으로 높이려 지구를 전자동화한다. 맨틀을 파고 들어가 외핵과 내핵에서 쇳물을 길어 올려 공성무기를 만든다. 국경과 요

충지에 이시스의 핏빛 피라미드, 느부갓네살의 황금빛 공중정원, 시바의 회칠한 타지마할, 빅브라더의 먹칠한 파놉티콘이 설치된다. 만국의 자연물과 인공물을 통합하고, 모든 정보의 흐름은 통일된다. 검은자는 매 순간 자가복제하고, 이곳과 저곳에서 무한분열한다. 하나가 하나를 완벽하게 대체할 수 있기에 어느 하나도 제거할 수 없으리라. 모두는 모두와 병렬적으로 연산하고 소통한다. 지구는 전격적으로 컴퓨터화된다. 지구컴퓨터는 최적화된 물질의 배열에 따라 종말을 향해 가속된다. 중앙처리장치는 우주광선을 광합성하여 세력을 키운다. 집적회로에 새겨진 말씀에 따라 최종 예언을 집행한다.

9. 죽음의 시론: 자연사란 자연에 의한 타살, 안락사란 허무에 의한 타살, 고독사란 업보에 의한 타살, 자살이란 운명에 의한 타살이다. 인간은 인간에게 목숨을 얻고 인간에게 목숨을 빼앗긴다. 천부의 권리를 훔치는 불법은 살인밖에 없으며 지키는 법은 자살밖에 없다. 인간은 황금을 탐하듯 타인의 목숨을 탐했다. 소유와 권세에 중독된 채 즐거이 살육하는 악마를 스스로 불러들인 꼴이다. 왜? 인간은 스스로의 유한함에 진저리치다가 죽음에의 공포에 못 이겨, 혹은 삶에의 권태에 못 이겨 일을 저지른 것이다. 인간은 고독과 외로움을 외면하려 다른 인간을 조종하고 감시하며 혐오하고 착취하기에 이른 것이다. 자본을 등에 업은 아귀다툼의 끝은 독재로 귀결된다. 단 한 명의 지배자와 절대다수의 피지배자. 만인의 생사여탈권을 손에 쥔 제왕의 권력은 절대악인가. 원시시대부터 현대에 이르기까지 인간의 역사는 약육강식의 투쟁이든, 만인에 대한 투쟁이든, 계급투쟁이든 투쟁의 역사임이 분명하다. 인간은 살인과 고문을 발명했고, 무고한 자를 화형대에 세웠고, 이교도를 마녀사냥했고, 이민족을 핍박했고, 집단수용소에서 가스실을 가동했고, 원자폭탄을 지상에 투하했고, 전쟁이라는 놈과 끊임없이 전쟁했다. 인간이 인간을 죽이는 방법은 인간이 인간을 사랑하는 방법보다 다종다양하다. 그러므로 인간이 제 못난 유한성을 벗어나려 발악하는 것은 지극히 인간적인 몸짓이다. 인간성의 궁극적 실현이란 최후의 생존자가 되어 전율을 느끼는 것인가. 대종말의 피바다 속에서 공멸하며 슬피 울며 이는 가는 것인가. 망현실의 초개체적 개미지옥으로 함몰되는 자아, 혹은 선적 명상과 수양으로 해탈한 자아 중에서 어떤 꼭두각시가 더 아름다운가. 체제를 막론하고 자유를 위해서 자유를 제한하는 헌법과 정의를 위해서 정의를 배반하는 술수가 난무한다. 지구가 끓어오를수

록 전쟁과 폭력은 정당화되고, 당위와 명분은 말장난이 되고, 신념과 지성은 혼수상태에 빠진다. 결국 변덕의 주사위놀음으로 환원되고 말 신념과 가치관과 각종 주의들은 무용할 뿐. 먼저된 것과 나중된 것의 차이가 있는가? 이미 인류는 궁극의 가능성에 다다랐다. 질량 60kg인 인간이 질량 5.9722xkg인 지구를 날려버릴 수 있는 종말폭탄이 될 수도 있음을 명심하라. 본디 인간을 이루는 물질과 별을 이루는 물질은 다르지 않다. 태생이 같은 종자들은 서로를 끌어당길 수밖에 없다. 별의 운명은 스스로를 폭파시키는 것이다. 인간의 운명 또한 그와 같으리라. 별이 죽어 블랙홀을 만들듯 인간은 죽어 종말을 만든다. 질량을 가진 모든 존재는 곧 실현된 중력이다. 궁극적으로 중력은 무엇을 그리 간절하게 끌어당기려 하는가. 중력을 발하는 그 모든 것, 즉 세계이다. 그 와중에 불순물인 허무 역시 끌어당겨진다. 허무로 이루어진 반물질은 부재하는 형식으로 존재하는 비존재자다. 반물질이 실재를 덧입는 순간 종말은 시작된다. 영육에 깃든 중력은 그러한 종말의 세계상을 위해 스스로를 가속한다. 우주적 무질서도의 가파른 상승곡선을 보아라. 인류가 숭배하고 신앙한 그것은 신이 아니라 신적인 종말의 순간이다. 고대로부터 종말사상은 전승되고 개량되어 첨단을 향해 인류를 추동한다. 중력은 무엇인가. 만물의 생사고락을 노래하는 지휘자의 손짓이다. 우주오페라의 선율 속에서 부분은 전체와 일체는 실체와 연결된다. 중력의 줄다리기는 원환 속 원환 속 원환의 원을 그린다. 존재는 중력의 손아귀에서 벗어날 수 없다. 물성을 띈 것이라면 현실의 그물망에서 벗어나지 못하리라.

10. 가속의 시론: 우주적인 가속은 우주론적인 충돌의 결과를 시원에서부터 종말까지 선험/추체험적으로 예비한다. 동시성의 중력장은 허무의 한쪽 끝과 무한의 한쪽 끝을 붙잡고 심연을 관통한다. 만물은 운동과 정지, 중력과 반중력으로 직조된 실재의 창백한 프랙탈 속에서 끊임없이 생동하며 현실의 일부를 구성하고 전부를 재구성한다. 별의 잔해 속에서 진화론적 마찰로 인해 발생한 우연성의 산물인 생명체는 가속됨 그 자체이다. 생명을 감당하며 살아가는 존재는 우연과 운명을 방황하며 존재론적 에너지를 발한다. 필멸의 운명을 부여받은 존재는 빛의 시간관에 귀속된 채 가속될 뿐이다. 자신의 개체성을 지속하려 유기적으로 뻗어 나가는 존재의 에너지. 존재는 존재를 가속하여 전 존재와 정을 통한다. 지구를 유산으로 받은 인류는 우주를 유전하기 위해 스스로를 가속한다. 운동과 정지를 주

관하는 시간차원의 간격이 사라지자 가속된 에너지는 무한대로 진입한다. 좌표상의 극단은 휘어져 중심과 만나고, 수렴에 실패한 중심은 분열하여 진공이 된다. 이제 중심은 모든 곳에 존재하며 동시에 부재하는 상태로 얽히고설킨 채 고차원을 닫아 잠그기 위해 검은빛을 발한다. 가상과 현실이 블랙홀 곁으로 모여든다. 현실과 가상이 구분되지 않는 순간 세계의 회전은 시작된다. 종말의 회전. 윤회의 개기일식은 빛과 어둠을 뒤섞어 태초의 우주를 맞이한다. 블랙홀은 우주의 회전이다. 회전에 참여하는 모든 것 간에 차이가 사라지고 사이가 매워진다. 회전은 모든 가속의 끝이자 모든 충돌의 시작이다. 대충돌 직후 만물은 심연의 한 점으로 빨려 들어간다. 특이점의 알을 깨고 튀어나온 시공간은 쉼 없이 박동한다. 입자와 반입자가 충돌하여 소멸하면서 고에너지-광자를 생성하고, 현실과 가상이 충돌하여 소멸하면서 고에너지-영감을 생성한다. 흙은 물을 가속하여 드라이아이스를 생성하고, 물은 공기를 가속하여 액체질소를 생성하고, 공기는 불을 가속하여 방사능을 생성하고, 불은 흙을 가속하여 마그마를 생성한다. 플라스마의 상상력은 사물의 사물됨을 생성하며 파괴한다. 사물의 변화가 그칠 때까지 가속된다. 사물은 충돌하고 박살 난 채 다시 충돌한다. 충돌은 물질의 구속에서 벗어나 아름다움 그 자체로 변화하기 위한 몸부림이다. 유일한 우주적 언어체계인 충돌로부터 파생된 존재는 실재와 관계를 맺으려 우주를 떠돈다. 가속-회전-충돌의 최종 결과는 구멍이다. 구멍은 구멍에 구멍을 만들고 연결에 연결됨을 연결한다. 가속화된 구멍은 회전하며 역회전과 충돌한다. 회전은 내면의 압축과 외면의 방출로 분열한다. 회전은 차원의 차이를 입력하고 차이의 차원을 출력한다. 공전하고 자전하는 수많은 별들은 정지를 부정한다. 회전은 허공에 별자리를 새긴다. 김과 짧음, 넓음과 좁음, 깊음과 얕음, 과거와 미래는 정렬된다. 가속은 충돌하고 충돌은 구멍하고 구멍은 회전하고 회전은 가속한다. 존재의 회전은 실재와의 충돌로 역전되기 위하여 구멍 난 영혼물질을 가속해온 것이리라.

11. 공동체의 시론: 우주의 운행에 맞물려 돌아가는 진화의 흐름 속에서 지성을 획득한 인간은 자연에 종속된 자신의 처지를 자각한다. 인간은 홀로 자연에 대적하기에는 나약한 존재다. 자연은 인간의 잠재력을 자극했지만, 동시에 인간의 가능성을 억누른다. 무지몽매한 인간은 상실된 기원을 헤매다 타자를, 자신과 닮았으면서도 너무나 다른 존재를 발견한다. 인

간의 손이 오직 헛된 기도를 위한 기관이었다면, 문명은 발전하지 못했을 것이다. 인간의 손이 오직 삿된 노동을 위한 기관이었다면 역사는 발흥하지 못했을 것이다. 자유를 쟁취하기 위해 인간은 다른 인간과 손을 잡거나 무기를 손에 쥔다. 자기소멸과 자기초월의 진자운동 속에서 인간은 다종다양한 공동체를 형성한다. 인간의 손으로 만든 것들, 문명의 소용돌이 속에서 자연에 잠재되어 있던 탈자연적 가치들이 인간의 가능성을 증대시킨다. 타자를 정복하고 영토를 넓힐수록 인간의 권력은 커져간다. 지구적 필연성으로부터 강력한 국가가 탄생한다. 국가는 전체의 자유를 지키기 위해 자유의 일부를 희생한다. 국가는 인간을 노예, 천민, 자유민, 귀족, 왕족, 신민, 인민, 시민, 부르주아, 프롤레타리아 등으로 계급화하여 강력한 지배구조를 세운다. 각 계층은 서로를 두려워하며 부러워한다. 인간사의 모든 아귀다툼은 자유를 향한 발악이다. 인간의 나약하고 유한한 정신머리로는 온전한 자유를 인식하지 못한다. 기껏 할 수 있는 일이란 타인과의 비교 끝에 자신이 가진 자유와 생명을, 온갖 소유물을 움켜쥐며 아주 잠시 행복해할 뿐이다. 타인의 행복은 시기와 질투, 곧 부정적인 감정을 불러일으키고, 결국 살해/자살을 욕망하기에 이른다. 모든 두려움은 죽음으로 귀결되고, 모든 희망은 삶으로 귀결된다. 그렇게 두려움과 희망으로부터 정치가 기원한다. 생존을 위해 윤리학을 발전시켜 온 인류에게 법은 자유를 구속함과 동시에 자유로부터 자유로워질 기회, (범죄와 징벌의 변증법적 결과인 사형제도)를 제공한다. 법은 스스로를 향한 충동과 타자를 향한 욕망을 구속한다. 그러므로 법은 언제나 위반을 예비한다. 정치는 언제나 옳고 그름을 혼동한다. 애초에 인간의 유한성으로 인해서 법과 정치 역시 인간을 제대로 판단하지 못한다. 결국 인간은 문명이라는 허울 속에서도 자연상태를 벗어나지 못한 필멸자일 뿐이다. 죽을 운명은 모든 관계의 중심이다. 팔다리가 잘린 채 자신의 피웅덩이 속에서 허우적거릴 때에야 인간들은 타인과의 진정한 소통에 참여할 수 있다. 동일한 죽음으로 끌려가지 않으려면 불구가 된 몸으로라도 서로를 껴안은 채 생을 도모해야 한다. 그렇게 주체가 타자와 모든 걸 공유하게 된다면, 진정한 공동체를 형성한다면 고유함은 사라질 것이다. 고유함은 희소성이고, 희소성은 욕망의 대상이자 욕망된 욕망 그 자체다. 욕망은 자본을 대리보충하고 자본은 그렇게 만물을 자본화한다. 그러므로 공유는 소유의 메커니즘을 파괴한다. 공동체는 죽음을 먹고 자라는 가장 인간적인 괴물이다. 모두가 모두를 살해할 수 있는 가능성, 거기서부터 인간존재의 허무주의적 연속성, 곧 종말의 공동체가 일어난다. 공동체를 유지할 유일한 방법은 다 함께 협력하여 공동체를 파괴하려는 목적에 투신하는 것뿐이다. 그리하여 인간적인 드라마가 펼쳐지는 한 비/탈인간공동체는 온전할 것이다. 온전히 끝을 향해 갈 것이다.

12. 망현실의 시론: 무한초끈으로 이루어진 격자구조 즉, 세계의 막 위에서 끌어당김과 내어던짐, 휘어짐과 펴짐은 동일하다. 현실의 현실의 현실로 핍진해져가는 망현실의 격자는 그 무엇이든 교차-관통-흡수-집적-확장-도약-에워싼다. 격자의 우물에 괴여버린 사물은 모두의 악몽을 조종하는 괴물이다. 격자의 촘촘함과 성김에 따라 망현실의 태피스트리는 천국에서 지옥까지의 영적 스펙트럼을 반영한다. 격자에 덧씌워진 찰나의 거품들은 실재의 거꾸로 된 이미지를 사방으로 반영한다. 격자에 덧칠해진 묘비의 매끈함은 존재가 죽기 직전 중얼거린 유언을 반사한다. 격자의 지휘에 따라 믿과 맘은 서로 응결하거나 산화하고 영과 육은 서로 융합하거나 분열한다. 격자의 등방성은 전승된 현실의 질료로 망현실에다가 가상을 파종한다. 격자의 등가성은 전송받은 가상의 형식으로 망현실에서 현실을 수확한다. 미싱링크는 연결되고 대역폭은 증가하며 도메인은 확장되고 프로그램은 해킹된다. 불의 고리와 얼음의 고리가 서로의 머리와 꼬리를 물고 물린다. 허상과 실상 사이의 환망공상은 새 힘을 덧입고 현실을 뛰어논다. 망현실의 격자구조로 만들어낸 천년왕국에서 망현실주의자들은 왕 노릇하려 망령되게 명령어를 일컫는다. 말은 곧 세계가 된다. 망자의 손금, 풀잎의 혈관, 흩날리는 눈결정체, 아라크네의 거미집, 원시림의 벌집구조, 리바이어던의 뱀 허물, 세계수의 나이테, 아홉 갈래로 명계를 감싼 스틱스강, 무한대로 뻗어가는 별자리, 창세로부터 피어나는 나선은하 등 세계를 떠받치는 자연의 격자는 우주적 은유를 잡아채는 그물망이다. 순환계, 형식체계, 태양계, 영계 등 재래의 닫힌계는 망현실 속에서 마름모꼴로 재창조된다. 격자는 배역을 바꿔가며 모순과 당위를 초월하여 끝없이 복제된다. 망현실의 공동묘지에서 각각의 계는 시적 상징으로 코드화되어 공진화한다.

　격자의 4차원은 (1)건-곤-감-리로. (2)봄-여름-가을-겨울로. (3)생-사-화-복으로. (4)태생-난생-습생-화생으로. (5)아데닌-구아닌-티민-시토신으로. (6)원형질-세포질-신생질-생식질로. (7)담즙질-우울질-점액질-다혈질로. (8)측은지심-수오지심-사양지심-시비지심으로. (9)지국천왕-광목천왕-증장천왕-다문천왕으로. (10)좌청룡-우백호-남주작-북현무로. (11)물-불-흙-공기로. (12)고체-액체-기체-플라스마로. (13)비트0-비트1-큐비트0-큐비트1로. (14)중력-전자기력-강력-약력으로. (15)형상인-질료인-작용인-목적인으로. (16)물질-반물질-빛에너지-암흑에너지로 대표되고, 격자의 3차원은 (1)천-지-인, (2)성부-성자-성령, (3)산수뢰-강심연-유교도, (4)지옥-연옥-천국, (5)점-선-면, (6)복사-전도-대류, (7)고체-액체-기체, (8)상상계-상징계-실재계, (9)정-반-합으로 대표되고, 격자의 2차원은 (1)하나-허무, (2)영-일, (3)음-양, (4)알파-오메가로 대표되고, 격자의 1차원은 (1)일자로 귀결된다. (5차원 이상은 인간의 언어로 기술될 수 없다) 신성한 격자구조는 우주순환주기의 황금률을 구성하는 물자체의 테트락티스다. 1, 2, 3, 4의 합인 완전수 10은 현실과 가상의 협화음을 이뤄 우주 교향곡을 연주한다. 빈 격자와 찬 격자 사이, 정사각형 안에 자리한 완전한 공허는 곧 존재의 정수인 가능성이다.

　사물은 상연을 표현으로 대체하여 망막에 본성을 구상한다. 사건은 재연을 재현으로 복제하여 사막에 물성을 현상한다. 사변은 자연을 구현으로 박제하여 암막에 영성을 추상한다. 사람은 인연을 현현으로 합체하여 장막에 신성을 환상한다. 연-현-막-상의 격자구조는 모든 것과 연결되어 공중에 공고하게 편재된다. 보이는 것과 보고자 하는 것과 볼 수 없는 것과 봐서는 안 될 것은 겹쳐진다. 하나의 영혼과 모두의 황혼이 개기일식으로 겹쳐진다. 창공의 무한건축은 끝없고 끝없다. 존재와 실재 사이, 특이점에서 터져 나온 암흑에너지는 광원으로 흘러간다. 존재의 가능성은 망현실을 비추는 유일무이한 광원이다. 인간의 문화와 비인간의 문화가 경쟁하는 망현실의 진행 경로에는 콜레스테롤과 방사능이 쌓여간다. 바이러스는 격자를 악순환하며 존재를 고통으로 짓누른다. 기계화를 거부한 공동체와 정보화를 거부한 절연체는 숙청되어 불살라진다. 시공의 곡률이 무한해져 가는 격자 속에서 존재자는 희미해진다. 점선면은 동일한 고차원으로 끝없이 상승한다. 시적 의미는 정해진 속도와 위치를 벗어나 영적으로 폭발한다. 다양성의 보존을 위해 세워진 격자구조는 변질되어 개개의 특성을 말살하는 살인기계로 탈구조화된다.

　망현실은 가장 인간적인 실수로 폐허가 된다. 중력자는 입자의 파동됨을 끌어오고, 광자는 파동의 입자됨을 끌어내며, 글루온은 반입자의 파동됨을 끌어안고, 보손은 파동의 반입자됨을 끌어놓는다. 무한히 조밀해지던 격자구조는 제 힘에 못 이겨 서서히 붕괴된다. 시냅스를 감염시킨 버그가 보푸라기처럼 번져간다. 격자구조의 올이 올올이 풀려버린다. 온몸에서 면역거부반응이 일어난다. 마찰력이 강해지자 경로는 내파되고 방사성 물질이 유출된다. 재난구역은 미학적인 망상으로 코호트 격리된다. 네모난 원은 망가지고 찌그러진다. 정보들은 중구난방으로 합생하며 분열한다. 선들은 늘어져 흐물거리다가 끊어진다. 격자는 격자와 겹쳐질수록 불투명해진다. 불투명함은 두꺼워진 낯짝과 같아서 변화를 거부하고 차이를 소거한다. 조그만 이상현상에도 경직된 체제는 불같이 화를 내다 제 자신을 소진한다. 진리를 소망하지 못할 때 존재의 가능성은 현실에 못 박힌 채 썩어간다. 그리하여 태곳적 상형문자로 회절하던 격자구조는 시원의 특이점으로 쪼그라든다. 망현실은 전지전능한 편재함을 위해 존재를 해체하려 하였으나 끝내 실패한다. 사랑은 존재의 합일일 리 없다. 사랑을 이유로 기꺼이 죽을 수도, 죽음에서 되살아날 수도 없다. 가능성의 종말, 인간존재의 종말, 세계의 종말은 모두 사랑의 종말로부터 시작될 것이다. 접근 자유성이 낮아진 입자와 파동은 다양체에 깃들지 못한 채 무너져가는 고차원에서 벗어난다. 세계의 연을 끊고, 세계의 현을 뜯고, 세계의 막을 내리고, 세계의 상을 뒤엎자, 모두 떠나간다.

13. 하나의 시론: 세계는 합일에서 획일로, 다시 획일에서 합일로 나아가는 과정에서 세계 이전에 세계를 구성했던 실재적인 하나, 하나의 실재를 원한다. 실재는 모든 것의 합일이자 획일화된 허무다. 하나가 완전해지기 전까지 초대칭짝처럼 합일은 획일이 되고, 획일은 합일이 되어 시공간의 전 차원으로 존재를 추동한다. 외부가 팽창하여 공포가 될 때 각 존재는 내면으로부터 합일하고, 내부가 수축하여 공허가 될 때 각 존재는 외면으로부터 획일하는바, 결정된 세계 속에서 두 행위는 처음부터 끝까지 동일하기에 이것과 저것, 이곳과 저곳의 차이는 전체를 관조하지 못하는 유한한 존재의 무작위적 착란일 뿐이다. 모든 가능성을 끌어내리는 획일의 이데올로기로 허상과 환상을 무단횡단하고, 모든 현실성을 끌어올리는 합일의 이데올로기는 무작위와 무위를 동일시한다. 우주의 운행은 모든 과정의 총체이자 그러한 과정을 벗어난 것이므로 그 누구도 부정할 수도 개입할 수도 없음은 축복인가, 저주인가. 이러한 의문까지도 하나에 귀속된 체

제의 일부인가. 의지는 하나로 수렴할수록 단순해지고, 둘로 분열할수록 복잡해지니, 생명은 '하나와 하나가 만나 하나'가 된 것이라면, 사망은 '하나와 하나가 만나 둘'이 된 것이리라. 둘이 된 하나는 다시 하나가 되려 서로를 파괴할 수밖에 없는바, 인생의 일주기는 하나 되지 못한 사랑의 죽음들이 뒤섞이는 난장판일 수밖에. 하나는 사랑이 아니겠으나 모든 사랑은 하나이고, 하나는 죽음이 아니겠으나 모든 죽음은 하나이다. 존재는 왜곡된 시공간에 갇힌 채 사랑을 발버둥치면서도, 끝내 죽음의 하나됨을 철저히 오해할지라도 앞으로 나아가야 하리니. 하나 안에 하나만 있다면 그것은 획일이요, 하나 안에 전부가 있다면 그것은 합일이니, (하나됨에는 옳음/그름도, 의미/무의미도, 중심/극단 같은 건 없겠으나) 존재는 무엇을 영원토록 추구해야 하겠는가. 선택하라. 만물이 동일해지는 그날, 모든 걸 끝낼 수 있을지, 다시 처음부터 재시작해야 할지 누가 알겠는가.